Bernd Brucklachner
Quirin

AF208977

BERND BRUCKLACHNER

QUIRIN

Kriminalroman

Bibliografische Information der Deutschen Nationalbibliothek: Die
Deutsche Nationalbibliothek verzeichnet diese Publikation in der
Deutschen Nationalbibliografie; detaillierte bibliografische Daten
sind im Internet über http://dnb.dnb.de abrufbar.

Verlag: BoD · Books on Demand GmbH, Überseering 33, 22297
Hamburg, bod@bod.de

Druck: Libri Plureos GmbH, Friedensallee 273, 22763 Hamburg

ISBN: 978-3-7693-6753-9

Inhaltsverzeichnis

EINS 7

ZWEI 17

DREI 31

VIER 37

FÜNF 46

SECHS 54

SIEBEN 67

ACHT 78

NEUN 91

ZEHN 99

ELF 105

ZWÖLF 118

DREIZEHN 132

VIERZEHN 147

FÜNFZEHN 159

SECHZEHN 162

SIEBZEHN 177

ACHTZEHN 188

NEUNZEHN 199

E I N S

„Die Wahrheit steckt im Detail, der Rest ist Erfindung."

B. B.

Der fahle Geschmack einer Calvados getränkten Nacht ist ein untypisches, prägendes Bild für Quirin Saumweber an diesem Morgen. Der Tau hängt an seinen Schuhen, wie die Schleierwolken in seinem Kopf. Trotz fehlender Standfestigkeit versucht er, seinen Pflichten als Hausmeister des Mietshauses Nummer 9 nachzukommen. Mit einer Werkzeugtasche in der Hand betritt Quirin den Aufzug und wirft einen kurzen Blick in den Spiegel der Kabinenwand: Ernsthaft, das bin ich nicht … mein Gott! Schwankend senkt er den Kopf und starrt auf eine handgroße, dunkelrote Pfütze. Wie es aussieht, Tomatensoße aus einem löchrigen Müllsack. Mittendrin ein grau melierter Hornknopf, aus dessen vier Löchern winzige rote Perlen quellen.

In Augenhöhe wechseln die Anzeigen der vorbeirauschenden Stockwerke, bis die Nummer 6 aufleuchtet und sich die Tür zäh öffnet. Quirin verlässt die Kabine, greift nach der Stange, die in der Ecke des Treppenabsatzes hängt. Mit ihrem Metallhaken erreicht er die Lasche der Dachbodenklappe, die wie so oft beim Öffnen klemmt. Mit Geduld und mäßiger Kraft lässt sich die metallene Leiter quietschend entfalten. Sie führt ihn in einen schmalen Gang, vorbei an der Absperrung der Aufzugstechnik, vor eine Blechtür. Auf ihrer Schwelle liegt ein weiterer Hornknopf, ähnlich dem in der roten Pfütze.

Quirin ignoriert den Fund, öffnet die Tür und tritt ins Freie. Beim Anblick der Wolken, deren Anordnung an eine Herde grauweißer Schafe erinnert, ist er sich sicher: Heute wird es nicht regnen. Heute ist das richtige Wetter, um Hecken und Sträucher zu schneiden. Sein Blick schweift über ein Meer von geduckten Häusern mit ihren Vorgärten. Darüber schwappt, getragen von einem kräftigen Windstoß, ein Rauschen, das an einen Wildbach erinnert. Leider ist es der alltägliche Berufsverkehr. Tief atmet er in der frischen, steifen Brise, die sein Haar aufwirbelt.

Seine angeborene Höhenangst zwingt ihn zur Vorsicht, denn er vermeidet Tätigkeiten, die weit über seinen Haarschopf hinausgehen. Trotzdem entfernt er im sicheren mittleren Teil des Flachdaches das Moos aus den Gullys. Bei der anschließenden Kontrolle des Blitzableiters kommt er ins Schwitzen, denn der Stahldraht verläuft direkt an der Dachkante. Ein paar Meter weiter, am Abgrund entlang, macht sich der Restalkohol bemerkbar, es überkommt ihn ein Taumel. Er bringt sich in Sicherheit neben den Schornsteinen.

Auf der Teerpappe, zwischen Taubenkot und roten Flecken, ein dritter Knopf. Diese Flecken scheinen frisch zu sein? Sofort schweift sein Blick umher, niemand ist zu sehen, bis auf ein buntes Tuch, das im Wind flattert. Eingeklemmt in der Verschraubung des Blitzableiters schwebt es über dem Abgrund. Behutsam krabbelt Quirin auf allen vieren vorwärts. Ob ein Stück Stoff eine solch riskante Rettungsaktion rechtfertigt? Mit Angstschweiß auf der Stirn befreit er den Seidenschal und rettet ihn im Rückwärtsgang aus der Gefahrenzone. Zum Glück ist niemand da, der seine peinliche kriechende Aktion beobachtet.

Der vom Ostwind getragene Straßenlärm wird von einem Stöhnen übertönt, das nicht tierisch, sondern eher menschlich klingt? Die Schornsteine, aus deren Richtung es kommt, sieht er verschwommen. Mit den Händen wischt er sich die brennenden Schweißperlen aus den Augen, die jetzt klar und deutlich die nackten Beine einer Person erkennen. Drei Schritte bewegt er sich auf sie zu, dann die Offenbarung des Dramas.

An einem der Kamine gelehnt sitzt jemand auf dem Boden, mit zerrissenen schwarzen Nylonstrümpfen, die in Fetzen an der Haut kleben. Ihr Anblick ist verstörend. Ungebändigtes Haar, übertriebenes Make-up, dessen scharfe Konturen verwischt aussehen. Rote Flecken überall auf den entblößten Oberschenkeln, an den Händen, auf der zerrissenen weißen Bluse. Am Bund ihres schwarzen Rockes, dessen Knopfleiste auseinanderklafft, fehlen die restlichen Hornknöpfe bis auf ein zerbrochenes Fragment. Ihm wird klar, wer diese Spur bis auf das Dach gelegt hat. Quirin rechnet – ein halber, drei auf dem Weg hierher, nur der fünfte fehlt.

Bewusst räuspert er sich, macht auf sich aufmerksam. Ohne den Störenfried wahrzunehmen, starren die Augen der Person an ihm vorbei ins Leere. „Verdammt, was suchen Sie hier oben?", brüllt er sie an. „Verschwinden Sie! Der Aufenthalt auf dem Dach ist Mieterinnen wie Mietern strengstens untersagt." Wäre da nicht ihr jämmerlicher Zustand, das verschmierte Blut – dieser Anblick mildert seinen forschen Auftritt, entschärft seine Stimme bei der Frage: „Wer hat ihnen das angetan?"

Rückblickend fällt ihm auf, dass er diese Mieterin nie derart verschüchtert erlebt hat. Im Gegenteil, wie sie verbal austeilt, ist bei ihr äußerste Vorsicht geboten. Quirin zieht seine Jacke aus, legt sie ihr über die Schultern: „Erkennen Sie mich, Mariam Pschawela?"

Ihr Mund öffnet sich einen Spalt, Blut sickert heraus, ihre Augen zucken, der Rest bleibt regungslos. Er zückt sein Handy, beim Tippen reißt sie ihm das Teil ohne Vorwarnung aus der Hand: „Lass das!", zischt sie ihn an.

Quirin setzt sich auf den Betonsockel neben sie und greift nach ihr.

„Nimm deine dreckigen Pfoten von mir!"

Er entschuldigt sich und erklärt, dass das frische Taschentuch in seiner Jackentasche hilfreich sei, da sich ihre Lippen mit Blut verfärbt hätten. Behutsam holt er das Stück Stoff zusammen mit einem Flachmann heraus. Er drückt ihr das Tuch in die Hand, schraubt den Deckel des Aluminiumbehälters ab und reicht ihr den Traubenschnaps.

Kopfschüttelnd lehnt sie den Alkohol ab, tupft sich zitternd das Blut von den Lippen. Schluck für Schluck trinkt er aus dem Flachmann, fragt sich, was mit ihr geschehen ist. Ihm ist klar, dass es kein Tomatensaft im Aufzug, wie das auf der Teerpappe, ihrer Haut, der Bluse ist.

Das Gurren einer Taube lässt den Blick zur Dachkante wandern. Dass der Sprung in die Tiefe zu ihrer Absicht gehören könnte, alarmiert ihn. Im Haus behauptet man, das sie auf ihrer Flucht von Georgien nach Deutschland Tragisches durchgemacht hat. Wenn es mir nicht gelingt, sie davon abzuhalten, werde ich der Letzte sein, der sie lebend gesehen und mit ihr gesprochen hat. Im Handumdrehen hat man einem den Stempel des Schuldigen aufgedrückt. Quirin greift wieder zum Flachmann.

Rufe ich den Notarzt? Und wenn sie in Panik gerät? Die schnellste Lösung ist, auf sie einzureden, sie abzulenken, auf andere, schönere Gedanken zu bringen. Leider scheitert der Versuch, sie vom Dach an einen Tisch mit Kaffee und Kuchen zu locken, deshalb plappert er unbeholfen weiter: „Dieser Platz zum Entspannen, ist ideal um die Gedanken zu ordnen. Vor Jahren fasste ich den Entschluss, nach meiner Scheidung, von hier oben das Ende einzuleiten. Positiv zu vermerken, dort unten, diese Rasenfläche rund ums Haus, hat lockeren Humus, ist frei von Steinbrocken. Von mir all die Jahre gepflegt, bestens geeignet für einen Flug aus ca. 25 m Höhe. Dabei erreicht man locker 80 km/h, bleibt aber, und das ist der Vorteil, nach dem Aufprall in einem Stück. Es wäre schrecklich, wenn die Gaffer beim Anblick des zu Tode Gestürzten einzig seine Verstümmelungen in Erinnerung behalten würden.

Das Resümee meiner Überlegungen ist, dass die Menschen es nicht wert sind, dass man sich durch Suizid aus dem Weg räumt? Es ist besser, gegen ihre Ungerechtigkeit zu kämpfen. Aus purer Angst vor der Tiefe wäre ich ohnehin nicht gesprungen. Ist Ihnen bekannt, Frau Pschawela, dass sich die katholische Kirche lange Zeit mit dem Suizid schwertat? Erst 1823 erlaubte man die Bestattung von Selbstmördern und Selbstmörderinnen auf geweihtem Boden, 59 Jahre später sogar ein kirchliches Begräbnis. Hier dieser Seidenschal, ist der von Ihnen? Verehrte Pschawela, für mich war das keine unproblematische Rettung."

Sein Monolog verstummt neben ihrem zitternden Körper, dem die Jacke von den Schultern rutscht.

„Was um Himmels willen ist passiert?"

„Dreckiges Messer – er hat mich voll erwischt", röchelt sie. „Der Idiot hat mir in die Fresse gehauen und dann sein Knie in den Bauch gerammt. Ich bin hingefallen, mein Verband ist weg", sie schiebt ihren Plisseerock nach oben, „schau dir die Scheiße an!" Blut breitet sich unter dem Mini aus.

Quirin entdeckt an der Außenseite ihres Oberschenkels eine zehn Zentimeter lange, klaffende Wunde, aus der ständig Blut tropft. „Oh mein Gott, das ist verdammt tief. Ich bin gleich wieder da." Er rennt zum Werkzeugkasten, holt ein breites silbernes Klebeband heraus, mit dem er sonst Wasserrohre abdichtet. Rücksichtslos schiebt er ihren Rock vom Schenkel, legt das Taschentuch auf die Wunde, klebt zwei Streifen nebeneinander und zieht kraftvoll den klaffenden Schnitt zusammen. Mit dem Seidentuch umwickelt er den Oberschenkel, in der Hoffnung, dass die Blutung aufhört.

„Ein solcher Idiot!", brüllt sie und richtet sich mit einem schwer verständlichen Nuscheln auf: „Verdammt – ich laufe aus!" Sie greift sich zwischen die Beine, sieht ihm in die Augen. „Mir ist übel!" Erschöpft kippt sie zurück an den Kamin.

„Jetzt ist es Zeit für den Notruf!", brüllt er sie an und sucht nach seinem Handy.

„Mischen Sie sich nicht ein, ich springe", schnaubt sie.

„Bitte, Pschawela, keine Dummheiten. Ihre beiden Kinder brauchen Sie. Haben Sie das vergessen? Sie sind Mutter, haben sich um sie gekümmert. Bleiben Sie, wo Sie sind. Bitte seien Sie vernünftig, Ihr erkrankter Sohn braucht Sie am meisten."

Blitzschnell greift er zum Handy nahe seinen Füßen, wählt die Nummer der Notrufzentrale, doch mitten im Satz versagt der Akku. Er steht auf, rennt zurück zum Werkzeugkasten, schließt die Powerbank an, wartet, bis die Elektronik wieder hochgefahren ist. Der Wind frischt auf, wirbelt über das Dach, lässt die Eisentür vom Dachabgang krachend ins Schloss fallen. Vor Schreck wäre Quirin wieder das Handy aus der Hand gerutscht. Hektische Erklärungen der vorgefundenen Umstände folgen, dann steht er auf, rennt zurück, aber da ist keine Pschawela. Übrig ist ein nasser Fleck mit Blut, daneben die Jacke.

„Bist du Verrückte allen Ernstes gesprungen?", brüllt er zur Dachkante hinüber. Kopflos rennt er los, reißt die Stahltür auf, stürzt die Leiter hinunter in den Aufzug. Ihm ist es egal, was getuschelt wird, als er im Laufschritt mehrmals das Haus umrundet. Dort auf dem Rasen findet er keinen leblosen Körper. Fragend sucht sein Blick nach den Mietern an ihren Fenstern, sieht nur, wie sie sich hinter den Vorhängen verstecken.

Seine Erklärungsversuche für den Fehlalarm entlocken dem Notarzt ein verständnisloses Achselzucken, denn nach heftigem Klingeln, dem Rufen des Arztes, bleibt die Wohnungstür verschlossen. Quirin hofft auf die Mieter hinter den Türspionen, aber jede Nachfrage bleibt unbeantwortet. Über Frau Pschawela hat Quirin nichts erfahren, außer der Vermutung, dass sie bei ihrer Tochter untergetaucht sei.

Dieses Haus ist wie ein Schiff, das auf dem Meer

treibt. Die Hausverwaltung ist die Reederei, der Hausmeister ist der Kapitän, die Mannschaft sind die Mieter, die Passagiere sind die Besucher. Jeder pocht auf seine Rechte, doch mancher vergisst seine Pflichten. Den Rest des Tages verbringt Quirin mit Reparaturen und anderen Aufgaben, die ihm von der Hausverwaltung übertragen worden sind. Zum Feierabend steht er vor seiner Wohnungstür, als eine Mieterin aus dem 5. Stock im Vorbeigehen kommentiert: „Das ist eine Sauerei. Die Waschküche ist kein Schlachthof. Hier wohnen Menschen, auf die hat man Rücksicht zu nehmen." Quirin schüttelt den Kopf und verschwindet in seiner Wohnung.

Am darauffolgenden Wochenende wird dieses Boot samt Insassen ohne Vorwarnung in tosende Gewässer getrieben. Es sind keine gestohlenen Fahrräder, Wäschestücke. Unerklärliches ist geschehen. Erst die Polizei, die Spurensicherung, dann die Fragen der Ermittler. War es definitiv Mord? Oder war es ein Unfall beim Heimwerken in der Waschküche? Von Vermissten ist die Rede, von einer verhafteten Mieterin, einer Mariam Pschawela.

Hier traut keiner mehr dem anderen, jeder wird von den gefürchteten Lästermäulern im Treppenhaus verdächtigt. Obwohl bisher nur eine Blutlache mit einem Schraubenzieher neben einem Knopf auf den vermeintlichen Tatort hinweist, fehlt die dazu gehörige Leiche. Ohne Zeugen, ohne handfeste Indizien sind sich die

Bewohner einig: Hier ist ein Mord geschehen. Solange die Polizei im Dunkeln tappt, besucht niemand mehr ohne Begleitung den Keller. Ein Fluch verunreinigt diesen Ort. Wenn es unumgänglich ist, den Keller aufzusuchen, dann trifft man sich im Treppenhaus und wagt gemeinsam den Schritt.

ZWEI

Unter den Mietern blüht der Klatsch, unter der Polizei welken dagegen die Ermittlungen im Sande dahin. Deren Beweise halten sich in Grenzen: Das Blut im Keller stammt von einer unbekannten männlichen Person, die Blutspuren am gefundenen Schraubenzieher weisen eine weitere männliche Blutgruppe auf. Nachfragen in Arztpraxen und Notaufnahmen verliefen negativ. War es ein Unfall ohne tödlichen Ausgang, da man bisher keine Leiche fand? Die Recherche in den Polizeiakten zeigen Auffälligkeiten bei den Bewohnern des Hauses, von denen eine Mieterin im Zimmer des Ermittlers sitzt.

„Warum – wer sind Sie? Ich verlasse diesen Raum. Sofort!" Ihr Kopf fällt in den Nacken, es bricht ein kurzer, krächzender Schrei zwischen ihren Lippen hervor. „Mir gefällt das hier nicht. Zu viele Gerüche. Oh nein, unmöglich!", schimpft sie in holprigem Deutsch und hält sich die Nase zu.

Ihre kurzen, flinken Schritte zum Ausgang werden von einer sonoren Männerstimme gestoppt: „Bleiben Sie entspannt, Frau! Hier riecht es nach Farbe, wie Sie sehen, wird renoviert. Aufgrund Ihres Vorstrafenregisters bleibt die Tür für Sie geschlossen. Zuerst werde ich Ihnen Fragen stellen, die Sie bitte beantworten. Sobald der Untersuchungsrichter entschieden hat, sage ich Ihnen, wann Sie uns verlassen." Ein hagerer, vierzigjähriger Bundesbeamter sitzt entspannt in seinem Bürosessel. Er fragt nach ihrem Namen, den Blick konzentriert auf den Bildschirm eines Laptops gerichtet, der sein kantiges Gesicht mit einem bläulichen Schimmer überzieht. Sein Schnurrbart und der Bürstenschnitt der blonden Haare wirken arisch, seine Stirnfalten wie sein stechender Blick einschüchternd.

Verunsichert vermeidet die Verdächtige jeden Blickkontakt. Stattdessen starrt sie zwischen ihren beiden ausgelatschten Ballerinas auf einen vergessenen weißen Farbklecks am Boden. Eine Minute lang verharrt sie dort, ohne die geringste Bewegung, ohne dass ihr Atem die Brüste hebt. Aus ihrer Haltung brechen Worte hervor, die einen gewagten Unterton besitzen: „Sie wissen aus den Akten, dass ich Mariam Pschawela bin. Verarschen Sie mich nicht. Warum fragen Sie? Lassen Sie mich bitte hier raus – dieser Geruch, meine Nase ist empfindlich." Ihr Körper, wie ihr Kopf zuckt, ihre Aussprache wird undeutlich.

Sie steht, nein, sie taumelt vor dem Schreibtisch, dem Beamten, der für sie abstoßend ist wie der Rest des Raumes. Ihr ungeschminktes Gesicht ohne Augenbrauen zeigt sich im aschfahlen Licht der Leuchtstoffröhre ausgebleicht. Allein der Anblick dieses Beamten hinter dem Bildschirm bereitet ihr Unbehagen. Er wirbelt wie ein Karussell in ihrem Kopf herum. Unbeholfen stößt sie sich an einem Mikrofon, das direkt vor ihrer Nase von der Decke baumelt.

„Bitte, Frau Pschawela? Setzen Sie sich!", befahl ihr der Anzug.

Sie antwortet nicht, dreht den Kopf nach links zur Decke, direkt in das gläserne Auge einer Kamera. Erschrocken wendet sie sich dem Fenster zu, dessen Eisengitter, das dunkelgrau der Wolken aussperrt. Erst jetzt wird ihr klar, in welcher Ausweglosigkeit sie steckt. Der Beamte im grauen Anzug, mit aufgeknöpftem Hemdkragen und lose herabhängender Krawatte, beobachtet ihr Verhalten. Sein Kugelschreiber klopft ununterbrochen dumpf auf den ausgebreiteten Aktenordner.

Was für ein zart geschnittenes Gesicht, umrahmt von brünettem Haar, dann der zierliche Mund. Kaum zu glauben, wie viel Hinterhältigkeit sich hinter so einer Maske verbergen kann. In Gedanken wandert sein prüfender Blick weiter über ihren Hals, die seidene Bluse, unter der sich die Apfelbrüste verstecken, hinunter zu den zarten, gefalteten Händen. Mehrmals lösen sie sich voneinander, um gleich darauf wieder in die Ausgangsposition zu gleiten.

Erneut dröhnt sein harter Befehlston aus dem wackelnden Bürostuhl: „Setzen Sie sich, aber sofort! Alles, was Sie hier sagen, wird von einem Kollegen im Vorzimmer aufgenommen, darum das Mikrofon, die Kamera", er deutet mit dem Finger an die Decke: „Kennen Sie

Ihren Namen, wissen Sie, wie alt Sie sind, wo Sie geboren wurden?"

„Aber ja". Jetzt hat ihr Blick Erfreuliches. Mit frischer Stimme erzählt sie, dass sie 48 Jahre alt ist und aus Sochumi kommt, das in Abchasien an Georgien grenzt. Sie schwärmt von der Stadt am Schwarzen Meer. Mit blumigen Beschreibungen animiert sie den Beamten, seinen Urlaub dort zu verbringen. Ungeahnt erstirbt ihre Fröhlichkeit in einem Schrei, den sie ungebremst in den Raum entlässt. Eine Hand greift nach ihrem Kopf, der entgleitet den Fingern, kippt wie ein Kegel zur Seite.

Der Kommissar lässt sich von ihrem Zwischenruf nicht ablenken. „Frau Pschawela, Sie haben Ihre Personalien nicht vergessen, wissen Sie, warum die Beamten Sie hierher gebracht haben? Zumindest, wo man Sie aufgegriffen hat?"

„Nein!"

„Merkwürdig. Mein Name ist Kriminalkommissar Pfeffer, Sie sitzen hier in den Räumen der Bundespolizei." Sein Oberkörper nimmt eine aufrechte, straffe Haltung ein, unterdessen er die beiden Enden seines Schnurrbartes zwirbelt. Er zelebriert diese Geste, wenn es hochoffiziell wird. Überdeutlich fährt er fort: „Es steht Ihnen frei, zu den Vorwürfen auszusagen. Ihr Schweigen wird niemals gegen Sie verwendet, und Sie haben das Recht einen Anwalt Ihrer Wahl hinzuziehen. Wir befragen Sie, um Informationen zu sammeln, mit denen wir ausschließen können, dass Sie zu den Verdächtigen zählen. Wir helfen Ihnen, wenn Sie mit uns zusammenarbeiten, verstehen Sie?"

„Ich verstehe Deutsch, nicht alles, aber ich verstehe."

„Frau Pschawela, wenn ich mich recht erinnere, kennen wir uns, saßen uns öfter gegenüber. Kommt Ihnen diese Umgebung hier bekannt vor?", er blättert mit ernster Miene in der Akte.

„Nein, erinnere mich nicht an Sie."

„Sie waren öfter hier, ich habe in den Akten gelesen, wegen Diebstahls in verschiedenen Discountern, Drogerien etc. Gibt es Geschäfte in der Stadt, in denen kein Hausverbot auf Sie wartet?" Kopfschüttelnd, mit einem breiten Grinsen, sagt er: „Aber deswegen sind Sie heute nicht hier, Frau Pschawela. Dieses Mal handelt es sich um Drogen und Verdacht auf Mord. Kennen Sie einen Herrn Wachtendonk?"

Wieder zuckt sie mit dem Kopf, presst dieses „Aua!", über die Lippen, so, dass es wie ein Peitschenknall zwischen den kahlen Wänden widerhallt. „Ich habe keine Drogen konsumiert, das hat Ihr Test ergeben, oder?"

„Beantworten Sie meine Frage. Kennen Sie einen Herrn Wachtendonk?"

„Wachten …, Wacht …, wie war der Name?"

„Wachtendonk, Frau Pschawela!"

„Ach ja! Ist das nicht der …? Moment, ich überlege – ist das der Paketbote?"

„Das ist er, den suchen wir, Frau Pschawela. Seine Firma sucht ihn, vor alledem seine Ehefrau vermisst ihn."

„Er hat mir nie davon erzählt. Ich war mir sicher, er lebt allein. Vermutete, dass er lange keine mehr … Sie wissen, was ich meine."

„Unsere Ermittlungen haben ergeben, dass er zuletzt mit Ihnen gesehen wurde." Er wischt mit dem rechten Zeigefinger über das Touchpad der Tastatur. Scrollt durch die Seiten auf dem Bildschirm, dann blättert seine linke Hand im Heftordner. „Heute ist Mittwoch, der 11. Mai – in der Aktennotiz steht, es war Freitag, der 6. Mai. Eine Nachbarin hat beobachtet, wie Wachtendonk am Morgen aus Ihrer Wohnungstür gekommen ist und sich die Hose gerichtet hat. Seitdem ist er nicht mehr gesehen worden. Sein Paketwagen stand tagelang unbenutzt im Halteverbot vor Ihrer Wohnung. Wir haben ihn abschleppen lassen."

„Davon habe ich keine Ahnung."

„Aber er war bei Ihnen, davon haben Sie Ahnung?"

„Möglich, Herr Kommissar."

„Haben Sie ein Verhältnis mit Herrn Wachtendonk?"

„Nein! Herr Kommissar, der ist mir zu alt. Außerdem ist es zu lange her, wissen Sie, ich bin vergesslich, ja. Zu lange her. Wissen Sie, meine Synapsen kommunizieren nicht mehr miteinander. Außerdem sehe ich nicht mehr alles."

„Eine Brille bewirkt da oft Wunder, Frau Pschawela, aber lassen wir das. Bitte, das gehört nicht hierher. In welcher Beziehung stehen Sie zu ihm? Warum war er bei Ihnen?"

„Wer war bei mir?"

„Na, Herr Wachtendonk, verdammt und zugenäht!"

„Aua, das schmerzt höllisch", sie greift sich wieder an den Kopf. „Das liegt an meinen Bestellungen, es sind immer viele. Das Internet, wissen Sie, aber jetzt habe ich keins mehr. Im Moment fehlt mir das Geld. Ich habe für meine Kinder eingekauft. Er hat mir Tipps gegeben. Wissen Sie, die Rumänin über mir, ihre Waschmaschine war undicht", ein heftiges Kopfschütteln folgt, „die weißen Wände, viele braune Flecken, ich habe kein Geld für Farbe", schluchzend rollen wieder ihre Tränen. „Ich bin sparsam, aber die teuren Lebensmittel. Koche für meine Kinder." Aufgeregt zuckt ihr Kopf, ein trockener, kurz gepresster Husten entweicht ihrer Kehle. „Fragen Sie meine Betreuerin, sie wird Ihnen alles erzählen."

„Beruhigen Sie sich, Frau, sprechen Sie leiser, ich höre einwandfrei. Wir haben mit ihr gesprochen, sie hat uns gesagt, Ihre Kinder sind erwachsen, wohnen in ihren eigenen vier Wänden. Ich bitte Sie, da brauchen Sie sich nicht kümmern. Wo waren Sie in der Woche vom 1. bis 6. Mai, den Termin der schriftlichen Vorladung haben Sie verstreichen lassen? Mehrmals haben wir an Ihrer Wohnungstür geklingelt, vergeblich. Jetzt erfahren wir, dass Sie im Ausland unterwegs waren. Warum ohne Gepäck, nur mit Bluse und kurzen Hosen?"

„Man merkt, wie heiß es ist. Wissen Sie, der Streit mit meiner Tochter, ich bin aufbrausend, dann der harte Boden, das Telefon war sofort kaputt. Ich werfe Sachen durch die Wohnung, auf Menschen, die mich nerven. Schlafe lange wegen meiner Krankheit. Je nachdem war ich draußen, einkaufen, spazieren. Laufen hilft mir beim Denken. Ab und zu, mitten in der Nacht, durchstreife ich die Innenstadt. Schauen Sie, mein Fuß, all die Blasen." Sie schiebt ihren flachen Schuh zur Seite und wirft ihm den nackten Beweis vors Gesicht.

„Es reicht, Frau, lassen Sie den Fuß im Schuh."

„Keine Angst, Herr Kommissar, der stinkt nicht", sie lacht. Ihr Kehlkopf klingt dabei wie eine Blechkanne, die Töne von sich gibt.

„Sind Sie zusammen mit Herrn Wachtendonk im Lieferwagen gefahren?"

„Daran erinnere ich mich nicht."

„Wir haben Fingerabdrücke gefunden, die stammen von Ihnen, Frau Pschawela."

„Keine Ahnung, je nachdem hab' ich dort welche vergessen?"

Kommissar Pfeffer spitzt die Lippen, seine innere Stimme rebelliert: Diese Frau macht mich verrückt, mit ihren Gerüchen, ihren Gedächtnislücken.

„Es ist nicht normal, dass jemand die Wohnung verlässt, den Firmenwagen stehen lässt und dann wie vom

Erdboden verschluckt ist. Wer oder was hat das ausgelöst?"

„Ich hab' keine Ahnung, er hat sich wie immer verhalten."

„Was heißt – wie immer?"

„Na, er war ein Mann, den man schubst, damit er aufwacht. Ein Bayer eben, nicht so wie die Südländer."

„Warum, wie sind die Südländer?"

Sie lacht, beugt sie sich vor und flüstert ihm zu: „Deren Hosen rutschen flotter zu Boden als die Gedanken durchs Hirn."

„In Ihrer Akte steht, Sie sind von Ihrem Ehemann geschieden."

„Ja, Herr Kommissar, es ist drei Jahre her. Gleich nach meiner Entlassung haben sie mich verlassen, alle. Ich war allein, wissen Sie". Sie verfolgte aufmerksam sein Blättern. „Kennen Sie das Gefängnis in Aichach, Herr Kommissar?"

„Ist es denkbar, Frau Pschawela, dass da jemand eifersüchtig ist, dass es jemandem nicht gefällt, dass Wachtendonk so lange und vor allem so oft bei Ihnen ist?"

„War er lange in meiner Wohnung? Ich weiß es nicht, Herr Kommissar. Wir haben Kaffee getrunken, ein, zwei Tassen."

„Frau Pschawela, da war ein weiterer Paketbote. Was können Sie mir über diesen Herrn sagen?"

„Oje, das war ein Wilder, ein Südländer, Sie wissen

schon. Einer, bei dem die Hormone ständig verrückt spielen. Er war kräftig, packte mich mit einer Hand – ich war machtlos. Wissen Sie, ich bin gegenüber ihn ein zierliches Wesen. Leider stank er aus dem Mund, da hilft nur Obst essen. Es kam aus seinem Magen. Essen Sie Obst?"

Der Kommissar verzieht das Gesicht, fasst sich an die Haare, hütet sich, sie einzeln auszureißen. Schnaufend steht er auf, umrundet den Tisch, die Verdächtige, klopft an die Tür. Mit einem kurzen Schnurren springt das Schloss auf.

Pschawela genießt die Einsamkeit, taucht ein in die Sonnenstrahlen am Fenster, die durch die grauen Wolken dringen. Sie senkt den Kopf, starrt zwischen dem Eisengitter hindurch. Auf dem Granitsims ein Kolkrabe, der sie mit einem Auge fixiert. „Was ist, du blöder Vogel?". Wieder zuckt ihr Kopf, beim Nachdenken: Wie ich es hasse, wieder in einer solchen Scheiße zu landen. Arschlöcher, ja, das sind sie alle. Wie mein Vater sagte: Du kommst aus jedem Schlamassel raus, solange du es schaffst, dich an die Arschlöcher zu verkaufen. Am liebsten würde ich jetzt bei ihm sitzen, denn er hat sich aus jeder fatalen Lage manövriert.

Die Tür schwingt auf, Pfeffer kommt an den Schreibtisch, zurück, räuspert sich, aber sie reagiert nicht. Er ruft sie an: „Hallo, Mariam Pschawela! Wo sind Sie?"

Sie dreht sich zu ihm um: „Ich denke an meinen

Papa, ich vermisse ihn, er hat sich um uns gekümmert. Papa war Handwerker, ich habe ihm oft in der Schneiderei geholfen. Wir haben neben den Kleidern Modeschmuck hergestellt. Alles, was für das Geld der Touristen nützlich war, vorwiegend für die Touristinnen in Sochumi. Frauen waren die Leidenschaft meines Vaters. Wenn er eine fand, die ihm gefiel, strengte er sich nicht an um Spaß zu haben, das hatte er nicht nötig. Meine Mutter war das genaue Gegenteil. Eine treue Kommunistin, eine Lehrerin in schlichter, parteikonformer Kleidung. An ihrer Disziplin, ihrer Strenge kamen wir Geschwister nicht vorbei. Ich hatte Stress mit ihr, lag an meinem Versagen beim Rechnen. Stellen Sie sich vor, ich hatte Probleme mit Zahlen. Verrückt, was? Und das bei einer Mutter, die Mathematik unterrichtet. Wir waren oft unterschiedlicher Meinung.

Aus Protest bin ich mit einer Clique durch die Straßen gezogen. Das war eine coole Zeit. Ich habe mir ein Tattoo stechen lassen, auf den linken Oberarm, leider habe ich mich in einen anderen verliebt. Ohne zu zögern, habe ich zum Bügeleisen gegriffen und mit der Vorderseite des Bügeleisens das Motiv aus der Haut gebrannt." Sie krempelt den Ärmel ihrer Bluse hinauf, zeigt die dreieckige Narbe, die nicht zu übersehen ist. „Der Schmerz hat eine spezielle Beziehung zu meinem Körper. Wissen Sie, wenn ich in die Haut schneide, wenn ich die Zigarette darauf ausdrücke, spüre ich nichts, gar nichts."

Sie schleppt sich zurück, setzt sich. „Wäre ich doch mit Papa nach Israel geflogen. Aber nein, meinen Ehemann hat es nach Deutschland getrieben. Wissen Sie, 1992, der Krieg, da sind wir erst nach Georgien geflohen und dann nach Deutschland." Wieder springt sie auf, wandert durch den Raum. „Wissen Sie, langes Sitzen, ich bin ein Mensch, der Bewegung benötigt."

„Wo haben Sie Deutsch gelernt?"

„Im Gefängnis hatte ich ausreichend Zeit. Ich habe alles aus den Kochbüchern der Gefängnisbibliothek gelernt".

„Pschawela, kommen wir zu dem Kokain unter Ihrer Kleidung. Woher haben Sie die 130 Gramm, die wir bei Ihnen auf dem Weg von Amsterdam nach München gefunden haben?"

„Ich konsumiere keine Drogen, wissen Sie."

„In Ordnung, aber woher hatten Sie es?"

„Herr Kommissar, ich kenne weder den Fahrgast noch den Inhalt des Umschlags. Man sagte mir nur, ich solle ihn für seine Gattin aufbewahren, er müsse aussteigen, er fühle sich elend. Ich versprach, im Abteil zu bleiben, bis seine Gattin mich findet. Er gab mir Geld, es war nicht der Rede wert, aber ich benötige jeden Cent".

„Es ist schwer zu akzeptieren, dass jemand einer Fremden reine Drogen mit einem Marktwert von weit über 5.000 EUR anvertraut. Das ist merkwürdig, denn niemand sprach Sie auf der Zugfahrt darauf an."

„Jawohl, niemand. Ich war ahnungslos, sonst hätte ich das Kuvert nicht angenommen. Der Mann sah ungesund aus."

„Beschreiben Sie ihn."

„Ja", sie setzt sich wieder auf den Stuhl. „Schlank, größer als ich, er sah aus wie ein Engländer, mit roten Haaren, wissen Sie. Er war blass, hatte Schweiß auf der Stirn."

„Warum versteckten Sie das Päckchen unter Ihrer Kleidung?"

„Ich hatte Angst, es zu verlieren. Es gehört mir ja nicht. Wissen Sie, ich verliere alles. Ich suche ständig nach meinem Hausschlüssel, meinem Portemonnaie".

„Sie waren in Amsterdam, warum nur ein paar Stunden?"

„Ach, wissen Sie, jeden Tag zu Hause fühle ich mich wie im Gefängnis. Hatte zu dem Zeitpunkt keine Schmerzen, das Wetter war okay, und da war dieses Fernweh. Geld, um länger in Amsterdam zu bleiben, nein – für die Fahrt hat es gereicht. Fahre gerne mit dem Zug".

„Wo haben Sie übernachtet?"

„Na ja, im Zug auf der Rückfahrt."

„Warum die Weigerung gegenüber den Zöllnerinnen? Sie hatten keine Ahnung von den Drogen?"

„Ich lasse mich nicht überall anfassen, nein, von niemandem. Meine Absicht war, dem Fremden zu helfen."

„Na okay, so steht es jetzt im Protokoll. Der Unter-suchungsrichter wird darüber entscheiden. Unter Ihren persönlichen Sachen sind Schlüssel, gehören die zu Ihrer Wohnung?"

„Ja."

„Hiermit teile ich Ihnen mit, Frau Mariam Pschawe-la, dass der Richter heute, Mittwoch, die Durchsuchung Ihrer Wohnung angeordnet hat."

„Herr Kommissar, ich habe nichts zu verbergen. Durchsuchen Sie alles."

„Okay, ich schreibe Ihr Einverständnis ins Protokoll", er schiebt ihr eine Kopie des Durchsu-chungsbescheides mit dem Briefkastenschlüssel über den Schreibtisch. „Wenn wir mit Ihrer Wohnung fertig sind, werfen wir Ihren Schlüsselbund in den Briefkasten. Für heute beende ich unser Gespräch, wir warten erst auf den Bericht der Zollbehörde, im Anschluss unterhal-ten wir uns weiter. Danke für Ihre Mitarbeit, Frau Pschawela".

D R E I

Umgeben von Bäumen, hebt sich das Haus Nr. 9 mit seinem Jugendstildekor von den anderen Sozialbauten ab. Leider ist die marode Fassade eher deprimierend, weshalb Hausmeister Quirin versucht, mit üppigen Blumenbeeten von diesem Makel abzulenken. An diesem Mittwoch hebt er, seinen Blick zu den Wolken, die ihm hoffentlich keinen Strich durch die Rechnung machen. Das wiederkehrende morgendliche Szenario der zur Arbeit eilenden Menschen begleitet Quirin beim Säubern des Gehweges. Keiner, der an ihm vorbeieilt, hat Zeit für eine nette Geste, einen Gruß. Genau wie die Schüler, die beim Dahinschlendern ununterbrochen in ihre Handys tippen. Manch einer ist dabei gegen einen der Laternenmasten geknallt oder in die Hecke gekippt.

Nach einer halben Stunde ist der Menschenmarsch vorbei und der Weg frei für seinen schwingenden Besen. Sobald Quirin die Müllcontainer erreicht, wird er von einer Schar Stadtkrähen mit heftigem Flügelschlagen und Krächzen empfangen. Haben die Mieter wieder vergessen, die Deckel der Container zu schließen, sind die darin versteckten Essensreste frei zugänglich. Quirins Anwesenheit stört die aufmerksam umherstreifenden Tiere nicht. Ungeniert picken sie mit ihren blauschwarzen Schnäbeln vor seinem Besen, der in all den

Jahren zu einem festen Bestandteil des Spektakels geworden ist.

Die Idylle wird jäh unterbrochen, die Raben wirbeln krächzend über Quirins Kopf hinweg. Dem Geschrei nach zu urteilen handelt es sich um eine Horde tobender Kleinkinder, die von ihrer schimpfenden Mutter zu den Fahrradständern im Hinterhof getrieben werden. Als die Kleinste Quirin entdeckt, ruft sie: „Hallo Hausmeister, was machst du da?", sie fragt so lange, bis er ihr Aufmerksamkeit schenkt. Sofort folgt eine neue Frage, sofort antwortet die Mutter mit einer Zurechtweisung: „Los, beeilt euch, wir sind spät dran. Jeden Morgen dieser Stress mit euch, macht jetzt, macht!"

Quirin schaut ihnen hinterher, klemmt sich den Besen unter die Achsel und erinnert sich schmunzelnd an seine eigene Kindheit: Dafür hatten die Eltern keine Zeit. Man war gezwungen, sich den älteren Nachbarsjungen anzuschließen, um nicht als Schulanfänger durch das Gassengewirr zu irren. Die fehlende Aufsicht hatte auch ihr Gutes, denn nur so konnte man echte Abenteuer erleben. Wenn eine Schulstunde ausfiel und die Klassenkameraden kamen, waren den Streichen keine Grenzen gesetzt. War der Spaß vorbei, genoss man gemeinsam vor einer Molkerei die übervollen Becher mit frischer, gezuckerter Schlagsahne.

Ein Summen und Klingeln reißt Quirin aus seinen Erinnerungen, wie das Smartphone aus seiner Gesäßtasche. „Hausmeister Quirin Saumweber, was kann ich für Sie tun?" Mit aufgerissenen Augen lauscht er den Worten des Anrufers. „Kein Problem, ich bin im Hinterhof, ich komme gleich zum Eingang." Sein Besen kippt zur Hecke, mit gestreckten Schritten umrundet er das Gebäude, betritt den Aufzug, der ihn in den dritten Stock befördert. Auf der Treppe begrüßt ihn massive Staatsgewalt in einheitlich blauen Jeanshosen und Jeansjacken mit förmlicher Distanz. Einer zeigt seinen Zollausweis, bedankt sich für sein Kommen. Er bittet ihn, bei der Durchsuchung der Wohnung Pschawela dabei zu sein. Ohne den Grund zu kennen, folgt Quirin, beobachtet schweigend in der Küche die Beamten bei ihrer Arbeit. Mit ihren hellblauen Latexhandschuhen durchsuchen sie jeden Winkel, jeden Schrank. Nichts, was hier aufbewahrt ist, bleibt unentdeckt. Mit roten Teststreifen fahren sie akribisch die Möbel ab, den Backofen, die Kühlkombination, die Waschmaschine.

Eine Beamtin beobachtet Quirin, die mit einem auffälligen Pistolenhalfter am Fenster lehnt. Eifrig schreibt sie auf, was ihre Kollegen diktieren. In einer Schreibpause fragt Quirin, was denn vorgefallen sei, was diesen Aufwand rechtfertige? Die Beamtin erklärt, dass es sich um Drogenbesitz handeln könnte. Es wird nach Rückständen gesucht. Ein Spezialist wertet die Abstriche vor Ort im mitgebrachten Labor aus. Sie fragt Quirin, ob diese Frau Pschawela Raucherin sei, denn es wurden zwar leere Schachteln, aber keine Zigaretten gefunden. Außerdem gibt es in den spärlich eingerichteten Räumen keinen einzigen Aschenbecher, ebenso der typische Tabakgeruch fehlt. Wie es aussieht, hatte es kurz zuvor eine gründliche Reinigung gegeben.

Quirin versucht, Spekulationen entgegenzuwirken, indem er erklärt: „Diese Pschawela sitzt draußen vor dem Haus auf der Kellertreppe und raucht. Wenn sie sehen würde, wie wir hier mit Schuhen herumlaufen – sie würde ausflippen. Was den Dreck in ihrer Wohnung angeht, hat sie einen richtigen Putzfimmel entwickelt. Ihre Tochter kassiert regelmäßig eine ordentliche Portion Jähzorn. Vor allem, wenn sie vergessen hat, ihre Schuhe auszuziehen."

„Hatten Sie öfter Kontakt zu Frau Pschawela?"

„Beim Putzen der Treppe hörte ich zufällig diesen Streit mit ihrer Tochter. Die Mutter hatte in letzter Zeit Probleme mit den Beinen. Ihr fehlte das Gleichgewicht, wie sie es nannte, aus Mitleid bin ich für sie in den Supermarkt, um einzukaufen. Das war zweimal, sonst vermeide ich den Kontakt."

Die Beamtin hebt den Zeigefinger und rät, sich vor solchen Personen in Acht zu nehmen.

Meine Meinung: Solche Menschen brauchen Hilfe, damit sie nicht aus der Bahn geraten. Aber die Beamtin hat sicher mehr Erfahrung und nicke ihr zustimmend zu. Aufmerksam beobachte ich weiter, wie ihre Kollegen in den Schränken herumwühlen, obendrein die Schuhe nach Verstecktem abtasten. Sogar den Staubsauger haben sie auseinandergenommen und den Inhalt des

Beutels in eine ihrer Taschen gefüllt.

Nach dem Prozedere im Wohn-, wie im Schlafzimmer sind zwei Stunden vergangen, und Quirin wird ein Formular mit der Bitte um Unterschrift ausgehändigt. Darauf ist ein Handy mit Ladekabel verzeichnet, das von den IT-Spezialisten der Kriminaltechnik untersucht werden soll. „Haben Sie einen Schlüssel für diese Wohnung?", fragt die Polizistin.

„Nein, um Gottes willen, die Hausverwaltung hat von keinem Mieter einen Schlüssel. Das ist nicht erlaubt."

„Okay! Dann teile ich Ihnen mit, dass der Wohnungsschlüssel in Absprache mit Mariam Pschawela in den Briefkasten geworfen wird".

Die Sachlage ist für Quirin bedrückend, obwohl er mit dieser Pschawela, mit der ganzen Sache, nichts am Hut hat. Quirin kann sich vorstellen, in welchen Schwierigkeiten sie steckt.

Zurück im Hof packt er seinen Besen und fährt mit seiner gewohnten Arbeit fort. Mehrmals an diesem Tag wird sein Streben nach Sauberkeit unterbrochen. Denn jetzt tauchen sie auf, einer nach dem anderen, die Fensterhocker wie die Türspionspanner. Jene, die sich die Zeit mit Klatsch und Tratsch vertreiben. Quirin hält sich bedeckt, redet um den heißen Brei. Entrüstet über seine Sturheit verschwinden sie, einer nach dem anderen. Er grübelt nach: Ohne Genaueres zu wissen, hacken alle auf dieser kränklichen Bewohnerin herum.

Ignorieren ist das Beste, denn wenn man sich mit allen Problemen im Haus auseinandersetzen würde, wäre man reif fürs Sanatorium.

Ein Stock stupst ihn von hinten gegen das Bein, da hört er jemanden sagen: „Quirin, was haben Sie heute für Stress?" Ein älterer Herr lacht verschmitzt und zwinkert ihm zu.

„Tag, Tomo, freut mich Sie zu sehen, hat sich Ihre Gattin wieder erholt?"

„Tja! Dank meiner Pflege", wieder zwinkert er. Tomo erzählt von seinen Erlebnissen beim Arzt, von seinen Krankheiten, die ständig zunehmen. Er schimpft über die unzuverlässige Post, über falsch eingeworfene Briefe. Fragt, ob es nicht besser wäre, den Vornamen auf das Namensschild am Briefkasten zu schreiben. Obendrein wünscht er sich, dass der Aufzug zuverlässiger funktioniert, da er Probleme mit seinem Bein hat. Nachdem er seine Bedürfnisse geäußert hat, fragt er, wie es um Quirin steht?

„Ich bin zufrieden, Tomo, ich hatte vor, auf einen Kaffee vorbei zu kommen, leider würde es bald zu regnen anfangen. Besser ich verschiebe das auf einen anderen Tag."

„Üblicherweise meldet sich mein Bein bei Wetterumschwüngen. Diese Nadelstiche fehlen, Quirin, bin mir sicher, dass es nicht regnet." Tomo hatte recht.

V I E R

„Wie gefällt Ihnen unser kuscheliges Nest, Mariam Pschawela? Hatten Sie ausreichend Ruhe, um Ihr Gedächtnis aufzufrischen?"

„Herr Kommissar, Ihre Wolldecken stinken. Und das Kopfkissen – unerträglich."

„Mit Verlaub, am Zimmerservice wird hier nicht gespart. Unser Haus hat Sterne-Charakter. Aber jetzt verlieren wir keine Zeit, denn es stehen ein paar Fragen auf der Liste".

Die Tür öffnet sich, ein Beamter bringt auf einem Tablett zwei Tassen mit einer Thermoskanne an den Schreibtisch.

Der Kommissar bedankt sich, fragt Frau Pschawela, ob sie Kaffeetrinkerin sei. Sie nickt lächelnd, er füllt die Tasse, reicht sie mit einem Schälchen Zucker über den Tisch. Pschawela wirft fünf Stück in den Kaffee und fragt, ob sie rauchen dürfe. Sie schiebt ein Lächeln hinterher und bettelt um eine Zigarette. Wiederholt flirtet ihre Mimik, bis er ihr zunickt.

Aus einer zerknüllten Schachtel bietet er ihr eine Filterzigarette an mit den Worten: „Bitte, Ihnen ist es erlaubt, mir leider nicht". Sein Feuerzeug flammt auf, dann setzt er die Befragung fort: „In Ihrer Akte steht, Sie werden handgreiflich?"

„Ja, das stimmt, ich beiße, manchmal schlagen meine Arme um sich. Das geschieht unbewusst, ich bin unberechenbar. Mein Psychiater bestätigt Ihnen das." Sie steht auf, bläst den Rauch zum Fenster hin.

„Vergessen Sie diesen Arzt, denn der Richter wird ein forensisch-psychiatrisches Gutachten anfordern. Von wem Sie begutachtet werden, erfahren Sie in einem gesonderten Schreiben. Haben Sie sich bei Herrn Wachtendonk gewehrt?"

„Nein, was meinen Sie, er war ein netter Mensch."

„Wieso war er das?"

„Na, Sie sagten, er sei verschwunden."

Der Beamte löst seine Krawatte, öffnet einen Knopf an seinem Hemdkragen, und holt tief Luft.

„Frau Pschawela, erzählen Sie mir, wie Sie Herrn Wachtendonk kennengelernt haben. Bitte, von Anfang an."

„Das ist lange her, mein Gedächtnis, Sie wissen, meine Syn..."

Er unterbricht sie genervt: „Ja Frau Pschawela, Ihre Synapsen, die Geschichte kenne ich, bitte versuchen Sie es, erinnern Sie sich."

Sie setzt sich, nimmt einen kräftigen Schluck aus der Tasse, wirft wieder drei Würfel hinein, zieht an der Zigarette. Das Klappern des Löffels beim Umrühren, Pfeffer schnauft hörbar.

„Erzählen Sie endlich!", er wartet, bis der inhalierte Rauch ihren Körper wieder verlassen hat, um dann mit seiner Bassstimme klarzustellen: „Wir sind nicht zum Vergnügen hier, die Zeit rinnt uns davon, worauf warten Sie – erinnern Sie sich?"

„Nicht so eilig, bitte", sie zieht, bis die Glut ihre Fingerspitzen erreicht. „Leider, bei mir dauert das alles länger."

„Frau Pschawela, langsam ist meine Geduld erschöpft und ich beende unser Gespräch."

„Ja, Herr Kommissar, ich beeile mich."

„Bitte, Frau, passen Sie auf die Asche auf, die fällt gleich runter."

„Wissen Sie, Herr Kommissar, morgens nach dem Aufstehen schaue ich zuerst, ob es regnet. Wenn nicht, nehme ich die Kaffeetasse, eine Zigarette mit in den Hof. Leider verschütte ich die Hälfte im Treppenhaus. Quirin, mein Hausmeister, kapiert nicht, was es mit diesen Bewegungsstörungen auf sich hat. Ich habe Angst vor ihm, ja, weil er sofort losbrüllt. Wenn ich ihm bei der Arbeit zuschaue, ist alles mit Gewalt verbunden. Passt diesem Menschen jemand nicht, macht er ihn platt. Dazu steckt er seine Nase überall rein. Kein Wunder, wenn er das Massaker in der Wäscherei angerichtet hat. Früher hat er einen am Kragen gepackt, hinausgeschmissen, gedroht, ihn umzubringen."

„Haben Sie das persönlich gesehen?"

„Nein, das hat mir der andere Paketbote erzählt, wie er ihn am Kragen festgehalten hat, er wäre fast erstickt."

„Aufschlussreich!", diese Aussage notiert er mit roter Schrift. „Wann haben Sie Herrn Wachtendonk getroffen?"

„An jenem Morgen hatte ich keine Kopfschmerzen. Mit meinem Paket kam er direkt auf dem Hof auf mich zu. War erstaunt, so früh hat mich noch niemand beliefert."

„Kannten Sie sich, Frau Pschawela, da er direkt in den Hof kam?"

„Nein, meine Nachbarin hat ihm gesagt, wo ich bin. Wir haben geplaudert, ich fragte ihn, ob er Ärger bekommt, wenn er wegen mir Zeit verliert. Er sagte nur, dass er abends länger bleiben müsse. Ich hielt ihn für herzlich, wir unterhielten uns über seine Diät, die Bilder, die er malt. Dieser Briefträger hat mich mit Komplimenten überhäuft, hat gesagt, ich hätte aufregende Beine. Er ist wie die anderen, wissen Sie, der Bademantel war verrutscht, kein Problem, hatte Strumpfhosen an. Nichts für ungut, ihr seid alle gleich. Träumt nur von … na, Sie wissen schon. Seid eben Männer."

„Jetzt reißen Sie sich zusammen. Wie oft haben Sie sich getroffen?"

„Nur wenn ich auf meine Bestellung wartete. Habe Klamotten gekauft, das meiste wieder zurückgeschickt. Kostet nichts, das Zurückschicken." Ihr Lachen bricht aus wie ein Paukenschlag. „Wenn er zu mir kam, haben wir Kaffee getrunken. Nicht, was Sie vermuten, ich bin kein leichtfertiges Mädchen. Vom ersten Tag an – er war anders, entspannter, sprang mich nicht gleich an, wie die da draußen", sie lacht, „eben nicht wie ein Hund, wenn er rollig ist."

„Wissen Ihre Kinder von diesem Paketboten?"

„Ich habe meiner Tochter davon erzählt, aber sie war nicht begeistert, Töchter sind eifersüchtig."

„Wie ich den Unterlagen entnehme, wohnt Ihr Ehemann nicht weit von Ihrer Wohnung entfernt. Haben Sie Kontakt zu ihm?"

„Manchmal telefoniere ich mit meinem Sohn, der seinen Vater mehrmals in der Woche besucht."

„Wie war die Zeit mit dem Paketboten, worüber haben Sie gesprochen?"

Wieder zuckt sie, begleitet von einem „Oha!", einem Reiben ihrer Augen. „Wissen Sie, Herr Kommissar, es wird heftiger. Liegt es an Ihnen, konsumieren Sie Drogen? In der Zeitung liest man, dass manche Polizisten Drogen konsumieren. Stimmt das?"

„Reden Sie keinen Unsinn! Ich habe nie Drogen genommen."

„Ehrlich? Aber es riecht so."

„Jetzt reicht's!", brüllt er. „Reden Sie weiter, Sie lenken mich ab, verdammt."

„Werden Sie nicht gleich stinkig. Wissen Sie, ich würde einen makellosen Drogenspürhund abgeben." Wieder lacht sie. „Sehen Sie den Raben am Fenster, der sitzt da, seit ich hier bin. Wie er guckt? Ich vermute, dieser Vogel lauscht. Ist das erlaubt? Hallo Rabe!", sie winkt wie ein Kind, unbekümmert, mit einem Lächeln.

„Frau Pschawela, bitte bleiben Sie bei der Sache", er zwirbelt seinen Schnurrbart.

„Wir haben geplaudert, über dies und das, nichts Wichtiges. Er sagte, ich sei ein Modell. Ich, wo ich so flatterhaft bin. Wenn wir uns trafen, fing er damit an, aber so lange sitzen? Ich fühle mich elend hier, es riecht nach diesen verdammten Drogen."

„Unmöglich, es wird jeden Tag geputzt. Erzählen Sie weiter, sonst werden wir hier nie fertig!"

„An einem Tag kam er erst am späten Nachmittag mit seinen Paketen. Ich hatte Sommerkleider bestellt und fragte ihn, ob er mich mitnehmen könne, in seinem Postauto. Es war ein heißer Tag. Der Baggersee, zu weit für meine kaputten Füße. Rainer hat sich mit mir an den See gelegt, das war unterhaltsam. Da waren wir öfter. Ich liebe das Wasser, ich bin am Meer aufgewachsen. Er liebte es genauso wie ich, hat mir von seinem Segelboot erzählt." Sie steht auf, ihr Kopf zuckt. Hintereinander stößt sie diese undefinierbaren Laute aus. Am Fenster bleibt sie stehen, tadelt ihr Plappermaul, ohne es auszusprechen. Zurück auf ihrem Stuhl lenkt sie wieder ab: „Bitte ärgern Sie sich nicht, ich komme Ihnen sicher komisch vor. Die Ärzte im Bezirkskrankenhaus haben mich nach meinem Selbstmordversuch für schizophren erklärt. Das bin ich nicht. Es ist eher Alzheimer, im ersten Stadium. Eines fernen Tages werde ich bei den Alten im Seniorenknast landen, eingesperrt wie Sie in diesem Zimmer, Herr Kommissar."

Pfeffer lächelt schief: „Bleiben wir bei Herrn Wachtendonk, bei seinem Boot. Sagen Sie mir, wo das Boot ist."

„Merke mir keine Namen."

„Frau Pschawela, bitte, versuchen Sie sich zu erinnern. Oder ich breche ab, dann spazieren Sie gleich zum Untersuchungsrichter."

„Herr Kommissar, wir waren einen Tag und eine Nacht dort, war erstaunt, dass der See so weitläufig ist, habe einen Baggersee erwartet."

„War es der Bodensee?"

„Oh nein, den kenne ich, dieser See war beschaulicher. Ich hatte Spaß beim Segeln, wir haben dort übernachtet. Die frische Luft ist die beste Medizin für mich. Es gibt keine gefährlichen Gerüche, und es gibt im Boot Platz zum Schlafen."

„Lieben Sie ihn?"

„Liebe ist etwas anderes."

„Seine Gattin hat uns nichts von diesem Boot erzählt. Hat er es schon lange?"

„Er hat gesagt, dass er, wenn er Ruhe benötigt, dorthin verschwindet."

„Jetzt kommen wir der Sache etwas näher. Sagen Sie, wo liegt es?"

„Wo liegt was?"

„Na, von wo seid ihr denn losgefahren?"

„Zuerst waren wir in einer Eisdiele. Wissen Sie, ich

habe eine Schwäche für Zitroneneis. Welches Eis bevorzugen Sie, Kommissar?"

„Das gehört nicht hierher. Sagen Sie mir bitte den Namen dieses Ortes."

„Ich überlege – mein Gedächtnis – verdammt. Oje, sehen Sie, das ist dieser Alzheimer, der stiehlt mir die richtigen Worte."

„Waren Sie lange unterwegs?"

„Schwer zu sagen, nach zwei Tagen waren wir wieder zurück."

„War es der Forggensee, der Starnberger See, erinnern Sie sich an einen Berg, auf dem ein Kloster steht?"

„Sagt mir nichts, um uns herum war Wasser. Dieses ständige Sitzen, Herr Kommissar, wissen Sie, das sind die Plastikpolster. Mein Hintern juckt, mit Sicherheit ist er knallrot", sie springt auf, dreht sich, zupft an ihrem …

„Lassen Sie das, lassen Sie Ihre Shorts an, ich glaube Ihnen. Bitte, wenn es bequemer ist, laufen Sie. Frau Pschawela kommen wir zu Punkt drei. Dieser andere Paketbote, dieser Robert Sulim, war der an diesem Freitag bei Ihnen?"

„Ich habe Robert im Hof stehen sehen, mit Paketen, aber er war nicht bei mir. Ich habe mich gewundert, warte auf meine Schuhe, habe alles bezahlt."

„Was fällt Ihnen dazu ein? Es gab Hinweise von Hausbewohnern, die uns in den Wäschekeller des Mietshauses führten, dort fanden die Kollegen einen

Schraubenzieher, mitten in einer beachtlichen Blutlache."

„Hatte Robert meine Schuhe dort deponiert?"

„Mehr dazu, Frau Pschawela, fällt Ihnen nicht ein? Wie ist dieser Robert in den Keller gekommen? Normal liefert der Dienst die Pakete an die Wohnungstür."

„Herr Kommissar, wenn ich Pakete bekomme, bringt er sie automatisch in meine Kellerbox, kommt anschließend zu mir und ich unterschreibe. Wissen Sie, da sind die Kartons problemlos auszupacken, zu entsorgen. Die Pakete sind zu angestaubt für meine Küche, das dulde ich nicht in der Wohnung."

„Hatten Sie ein Verhältnis mit diesem Robert?"

„Robert war verrückt. Mein Gott, er hat es wieder und wieder versucht, in der Wohnung, auf meinem Bett, da darf niemand rein. Robert ist sparsam mit mir, aber egal. Rainer war da anders, der hat auch viel mehr Geld, der hatte immer was für mich übrig."

„Sie haben an dem Freitag, an dem Wachtendonk aus Ihrer Wohnung kam, nicht mit Robert gesprochen?"

„Das ist zu lange her." Sie steht schwerfällig auf, schüttelt die Arme, den Kopf, wankt zum Fenster, legt die Hände an die Scheibe. Den Blick zum Himmel gerichtet, sagt sie: „Meine Erinnerungen ziehen mit diesen Wolken dahin", sie schreckt auf, springt zurück. Der Rabe fliegt flügelschlagend vom Fenstersims auf und davon. „Haben Sie das gesehen?"

FÜNF

Quirins Tagesplan durchkreuzen an diesem Donnerstag unversehens die bestellten Handwerker. Zuerst der Elektriker, der eine Woche zu früh eine neue Hofbeleuchtung installiert. Dann der Schreiner, der zu spät die Kelleraußentür erneuert. Am Nachmittag kommt der Heizungsmonteur zum jährlichen Kundendienst. Immer wieder wird Quirin beim Reinigen der Sickerschächte gestört. Mal sind es Türen, die sich nicht öffnen lassen, mal fehlt ein Verlängerungskabel, mal ein Wasserschlauch. Kaum sind die ersten wieder weg, ruft das Treppenhaus mit defekten Glühbirnen. Die Reinigung der Lampenschirme ist zeitraubend. Auf seinem Weg mit der Leiter stoppt ihn die Studentin aus dem vierten Stock. Hinter vorgehaltener Hand erzählt sie von dem Gerede, das sich im Haus verbreitet. Mieterinnen wagen es, zu behaupten, der Hausmeister habe dieses Verbrechen begangen.

„Die langweilen sich, lassen wir sie reden. Hauptsache, die Polizei nimmt das Geschwätz nicht für bare Münze", beruhigt Quirin die Studentin, es wäre eine Beleidigung, wenn man ihn beim Tratschen vergessen hätte. Er bedankt sich für die Information und wirft einen Blick auf seine Armbanduhr. Jetzt ist es Zeit, die Leiter im Keller zu verstauen, dann das Fahrrad in den Hof zu bringen für den wöchentlichen Besuch bei der Hausverwaltung. Bestellungen, Reparaturaufträge, Terminabsprachen sind die wichtigsten Punkte der heutigen Besprechung. Hinzukommt die Abrechnung der verkauften Waschmünzen.

Pünktlich zum Feierabend schaut er im nahe gelegenen Supermarkt vorbei, wo der Einkauf zwischen den Nachbarn zum Spießrutenlauf wird. Jeder fragt ihn nach dem Mord in der Waschküche und sein Schweigen desillusioniert die Neugier. Zu Hause verkriecht sich Quirin mit einer Flasche Rotwein vor dem Fernseher.

Freitag morgen, die Sonne bricht durch die Wolken. Erst kommt der Bürgersteig dran, dann der Rasenmäher. Quirin schiebt das stinkende Gerät durch das mit Löwenzahn durchsetzte Grün. Die offenen Fenster werden nacheinander geschlossen, nur eine Mieterin freut sich über den Duft des gemähten Grases. Diesmal sind es nicht die Kinder, sondern der Lärm des Benzinmotors, der die Rabenvögel aufschreckt.

Die Hälfte der Fläche hat seine 6 cm erhalten, als er zwischen den Fahrradständern eine heftig gestikulierende weibliche Person entdeckt. Das Fuchteln mit den Armen verrät ungezügelte Aggression. Das Motorengeräusch übertönt ihre Schimpftiraden. Aber gegen wen? Außer ihr ist niemand zu sehen. Sie tänzelt umher, wirft einen Korb quer über die Räder. Ihr Zigarettenrauch schwebt über ihr wie der weiße Gartenstuhl aus Plastik, den sie mit voller Wucht zu Boden wirft. Reglos steht sie da, raucht und starrt auf den zerbrochenen Stuhl. Quirin stellt den Motor ab, versucht herauszufinden, wer diese Person ist. Die Haare zu einem Pferdeschwanz gebunden – ist sie es? Er kommt näher, jetzt dreht sie sich zu ihm um – ja, es ist diese Pschawela.

„Arschlöcher! Überall Arschlöcher!", hört er sie schreien. Bei ihr angekommen, schaut er in ihre Sonnenbrille:

„Hallo Frau Pschawela, was ist passiert?"

Mit feuchter Aussprache schreit sie ihn an: „Was klotzt du so? Lass das! Hau ab!", wieder rudert sie mit den Armen durch die Luft, sodass er gezwungen ist, auszuweichen. „So einen wie dich brauch' ich nicht. Du steckst deine Nase überall rein. Lass mich in Ruhe!"

„Beruhigen Sie sich, Frau, ich versuche nur …?", sie schüttelt den Kopf so heftig, dass ihre Brille verrutscht, zu Boden fällt. „Ich will nicht darüber reden. Arschlöcher!", schreit sie.

Er hebt ihr die Brille auf.

„Ihr seid alle Arschlöcher!" Speichel sammelt sich zwischen ihren Lippen und landet als schleimiges Geschoss direkt vor ihren Schuhen. Nach einer kurzen Pause löst sich ihre Anspannung in Tränen auf. Was ist bei ihr echt, was gespielt? Quirin wendet sich von ihr ab, ein Blick zurück folgt.

Mit den Ärmeln wischt sie sich übers Gesicht, dann sagt sie mit zitternder Stimme: „Hilf mir! Bitte! Ich bin erschöpft." Ihr Gesichtsausdruck verliert jede Anspannung, ihre erneut kullernden Tränen betteln um Mitleid. „Bitte holen Sie mir Medikamente aus der Apotheke. Ich gebe Ihnen Geld. Ich habe Geld. Bitte, ich bin am Ende. Diese Schmerzen, sehen Sie meine Hände." Sie bewegt ihre Hände von links nach rechts, als würde sie eine Zitrone auspressen.

„Hören Sie auf, Frau Pschawela! Lassen Sie das, wenn es Ihnen wehtut." Quirin klingen die Worte der Zöllnerin in den Ohren, sich vor solchen Menschen mit ihren Schauspielereien in Acht zu nehmen. Deshalb weigert er sich mit der Ausrede, dass dringende Arbeiten zu erledigen seien.

Wieder fleht sie: „Bitte Quirin, hilf mir! Eine Straße weiter in der Apotheke, nur drei Sachen. Ich benötige Rizinusöl für meine Haare, dann diese Salbe gegen die Schmerzen, das Ibu bitte nicht vergessen." Sie holt unter ihrem Pullover ein blaues Portemonnaie hervor, das sie vorn in den Rockbund gesteckt hat: „Hier ist das Geld, bitte. Sie haben viel Arbeit, das verstehe ich. Sehen Sie, ich habe Schwierigkeiten mit meinen Füßen."

Er sieht nicht, dass sie Probleme hat, und nickt, hofft, dass sie sich beruhigt, packt das Geld und verschwindet. Derartige Unruhen werfen ein trübes Licht auf die Wohnanlage und ist sofort zu unterbinden. Zumindest empfiehlt es die Hausverwaltung. Er zieht es daher vor, sich sofort darum zu kümmern, was zur Beruhigung beiträgt. Nach mehr als einer halben Stunde kommt er von der Apotheke zurück. Suchend steht er im

Hof zwischen den Rädern. Keine Pschawela ist zu sehen, also versucht er es an der Wohnungstür. Niemand öffnet? Quirin horcht – jemand bewegt sich. Ein zweites Mal drückt er den Klingelknopf, etwas länger, mit kurzen Pausen. Dann hört er eine Stimme fragen: „Wer sind Sie?"

„Der Hausmeister, ich habe Ihre Sachen aus der Apotheke."

„Aach! Sie sind schon da?", sie reißt die Tür auf, kickt mit dem Fuß ein Paar Ballerinas über den Flur zur Seite: „Kommen Sie, diesmal haben sie sich anständig benommen. Diese Polizisten haben mir keinen Saustall hinterlassen, aber bei der Hausdurchsuchung vor ein paar Jahren war das ein Chaos. Haben Sie alles bekommen? Haben Sie nichts vergessen? Wissen Sie, ich vergesse immer etwas. Vergessen Sie auch oder sind Sie normal? Sie sind doch normal?"

Keine Ahnung, was sie damit meint und gibt ihr die Tüte mit den Medikamenten, dazu das Wechselgeld.

„Kommen Sie, Hausmeister! Ruhen Sie sich aus", sie rennt mit ihrem rosa Morgenmantel ins hinterste Zimmer, und ruft: „Hier bin ich, trau dich. Komm zu mir! Du bist ein guter Mensch, dir erlaube ich das." Als er eintritt, sieht er sie auf einem zerwühlten Bett sitzen, dessen Gestell in der Ecke dicht an der Wand steht. Der rosa Frotteemantel fällt von ihren Beinen. Sie legt sich das Kissen auf den Schoß und sagt: „Wünschen Sie Tee?"

„Nein danke, Frau Pschawela, in ein paar Minuten ruft der Rasenmäher. Ich habe mich an die Ruhezeiten zu halten."

„Ich hole zu trinken", sagt sie, springt auf und eilt in die Küche.

Quirin steht vor einem Schrank, der fast die gesamte Breite des Zimmers einnimmt. Daneben versperrt ein überdimensionaler Flachbildschirm den Blick zum Fenster. Im Bett steht ein Teddybär, sonst nichts Persönliches, keine Dekoration, keine Blumen, Bücher, Fotos, keine Gardinen. Die Deckenlampe hat drei Fassungen, aber nur eine Glühbirne.

Sie kommt mit einem vollen Glas zurück. Einen Teil verschüttet sie auf dem Linoleumboden. „Das wische ich später auf, das ist nicht das Treppenhaus", lacht sie. „Setzen Sie sich auf den Stuhl", sie schiebt einen Klappstuhl von der Wand neben den Schreibtisch, „Sie benötigen eine Pause, das sehe ich."

Quirin lässt sich auf einem wackeligen braunen Plastikteil nieder. Auf dem Tisch liegen bunte, beschriftete Zettel, zerrissene, ungeöffnete Post. Er trinkt, beobachtet, wie sie vor dem Bett steht und gelassen ihren Morgenmantel öffnet, so, dass ihr Slip zum Vorschein kommt. Ein winziges Stück aus schwarzer Spitze mit einem funkelnden Herz aus Kristallsteinen unterhalb ihres Bauchnabels. Langsam setzt sie sich auf die Bettkante, drückt sich verschwenderisch die Salbe in die Handfläche, massiert von den Knien aufwärts ihre

Oberschenkel. Ungewollt, aber aufmerksam schaut er zu.

„Schauen Sie, Hausmeister, wie alles geschwollen ist, schauen Sie meine Knie an. Sind Sie ein geschickter Masseur?" Er antwortet nicht, obwohl sie ihm das Gefühl gibt, dass der Hausmeister lange zu ihrem Privatleben gehört.

„Die Arschlöcher haben mich eingesperrt, verdammt, mir ist übel. Ich vermute das Gefängnisessen. Aber jetzt diese Schmerzen in den Beinen. Danke fürs Einkaufen." Sie spreizt ihre Oberschenkel und massiert langsam die Innenseiten.

Seitlich entdeckt er die Schnittwunde, die inzwischen zu einer roten, geschwollenen Narbe verheilt ist. Quirin vermeidet es, sie anzusprechen, betrachtet weiter den Glanz der Salbe, die einen ansprechenden Duft verströmt.

Impulsiv lässt sie sich zurück aufs Bett fallen und kichert: „Gefällt dir das? Ich bin mir sicher, denn die anderen Mannsbilder lieben es."

Er schaut sie verunsichert an, steht auf: „Leider sitze ich zu lange hier. Es ist Zeit, sonst schaffe ich meine Arbeit nicht mehr, bevor es Nacht wird. Danke für das Wasser, leider wartet der Rasenmäher auf mich."

„Na, Quirin, dann ein andermal. Für deine Hilfe auf dem Dach hast du bei mir Wünsche frei", sie klatscht ihre Schenkel zusammen, steht auf, richtet ihren rosa Frotteemantel, läuft zur Tür. Öffnet. Er zwängt sich an ihr vorbei, sie sagt: „Tausend Dank für alles, du bist ein guter Mensch. Danke!"

Quirin verlässt die Wohnung, schaut die Treppe hinauf, dann hinunter. Hofft darauf, keinen der Mieter zu treffen. Seine innere Stimme mahnt: Vorsicht. Deine Augen könnten so heikle Lebenslagen verraten. Sich auf solch eine Nähe einzulassen, ist töricht.

Kopfschüttelnd verlässt er eilig das Haus durch den Keller. Im Hof angekommen, erwartet ihn eine Bescherung. Plastikteile und Verpackungsreste liegen weit verstreut auf dem Rasen. Ein Blick zu den Mülltonnen genügt: Die Deckel stehen wieder offen. Sofort ist ihm klar, wer die Übeltäter sind.

Am Anfang seiner Arbeit gab er den Kindern die Schuld. Er schimpfte, bis eines Tages ein Plastikteil direkt auf seinem Kopf landete. Der Schuldige war gefunden, die Verfolgung unmöglich, denn der schaute mit einem Krakra über der Anlage kreisend auf ihn herab. Heute sieht er keinen Vogel am Himmel, nur finstere Wolkenhaufen.

Quirin hebt den Müll auf, wirft den Motor an und mäht den Rest der Grünfläche. Noch sammelt das Gewitter seine Kraft, da verpasst er eilig den Büschen einen gleichmäßigen, birnenförmigen Einheitsschnitt.

SECHS

Wenn Quirin in den ersehnten Feierabend verschwindet, folgt ein ritueller Ablauf: Duschen, frische Kleidung, das Rennrad aus dem Keller. Nach der Kontrolle des Reifendrucks folgt der Griff zum Smartphone in der Jackentasche. Sind dort keine Nachrichten zu finden, heißt es: rauf auf den Sattel und los.

Seit vier Wochen wohnt er in der Erdgeschosswohnung. Vormals benötigte er sieben Kilometer in die Arbeit und wieder nach Hause. Obwohl es jetzt nur ein paar Schritte bis zu seinem Feierabendsofa sind, hält er an seinen sportlichen Aktivitäten fest. Obendrein benötigt er Abstand von Arbeitsplatz, den Bewohnern mit all seinen Belastungen.

Das Rennrad, seine drahtige Gestalt, das dichte braune Haar und die sportliche Kleidung verbergen seine 50 Lebensjahre. Mit festem Tritt biegt er vom Hof in die Straße ein, vergisst den Blick zum Himmel, grübelt über das Benehmen dieser Pschawela. Ihr eigenwilliges Verhalten, am Rande der Legalität, gemischt mit naiven Momenten, schreit nach Hilfe. Sie aus ihrer schwierigen Lage zu befreien, grenzt mit hoher Wahrscheinlichkeit an Selbstzerstörung. Es sei denn, man macht vorher eine Ausbildung zum Psychotherapeuten. Aber so weit geht seine Hilfsbereitschaft nicht. Die Ämter wissen davon, trotzdem lässt man einen nicht sozial fähigen Menschen ohne fachliche Betreuung, täglich ins offene Messer rennen. Und diese ständige Geldnot. Kein Wunder, dass diese Pschawela ihren Mitmenschen, wie der Polizei, auf den Nerven hockt.

Seine Fahrt ins Blaue verläuft gemächlich, begleitet von Regentropfen, die Punkte auf dem Asphalt hinterlassen. In kurzer Zeit verschmelzen sie zu einer Einheit und signalisieren den Menschen auf dem Bürgersteig, sofort Schutz unter ihren Schirmen zu suchen. Nur Quirin hängt in seinen Gedanken fest, verdrängt, was um ihn herum geschieht. Urplötzlich schreckt ihn ein Donner mit grellen Blitzen auf, begleitet von himmlischen Sturzbächen. Auf der Suche nach einem Unterschlupf entdeckt er an der Ecke eines Wohnblocks ein Café mit der blauen Leuchtschrift „Mare". Automatisch, ohne auf die Grünfläche zu achten, steuern seine Hände darauf zu.

Durchnässt tritt er ein, setzt sich an den ersten freien Platz einer Reihe runder Tische. Das Unwetter tropft aus seinen Haaren, zwingt seine Hand, mehrmals die Getränkekarte vom Wasser zu befreien. Unverhofft weht eine weiße Stoffserviette direkt vor seiner Nase. Quirin zuckt zusammen, weicht zurück, schaut einer Kellnerin in die Augen.

„Guten Abend, der Herr!", sie reicht ihm das Stück Stoff.

„Aufmerksam von Ihnen, Danke. Entschuldigen Sie,

dass hier alles nass ist." Er fährt sich mit dem Tuch über das Gesicht, über die Haare, dann trocknet er sich die Hände, wischt über die Karte.

Die Kellnerin rückt die Stühle am Tisch zurecht und lächelt verlockend: „Was wünscht der durchnässte Herr, ein Trockenlegen auf unserem Wickeltisch? Windeln sind leider aus", sie deutet in Richtung Toilette. Ihre Scherze bleiben von den Gästen ungehört, nur der Kollege an der Espressomaschine lacht auf.

Schniefend bestellt er: „Bitte, ich hätte gerne einen Weißwein, einen …", sein Niesen lässt ihn erzittern, „Entschuldigung! Einen Cortese di Gavi bitte!"

„Gesundheit dem Herrn!", lächelt sie.

„Bitte eine Focaccia", er wedelt mit der Serviette vor ihrem entrückten Blick.

Als würde sie eine Fliege fangen, greift sie mit Schwung nach der Serviette. „Gerne, der Herr, einen sehr trockenen aus dem Piemont, dazu ein ligurisches Fladenbrot", sie betont die Worte „sehr trocken" überdeutlich, dass die Gäste im Lokal ihren Sarkasmus mitbekommen.

Das Café mit seinen fünf Tischen ist kurz vor achtzehn Uhr spärlich besetzt. Zwischen ihm und einem Weizen trinkenden Rentner am anderen Ende sitzt ein Studentenpärchen. Quirin lächelt sie betreten an, ebenso wie den grinsenden Kollegen hinter der gigantisch wirkenden Theke aus poliertem Wurzelholz. Dampf zischt aus der Espressomaschine, Quirin fröstelt. Er beißt die Zähne zusammen, schiebt die hochkant stehenden Speise-, Getränke- und Eiskarten an den Tischrand, um Platz zu schaffen. Überdenkt seine Bestellung, ob ein zusätzlicher heißer Grog in seinem Zustand nicht hilfreich wäre.

Blitze verdrängen das Licht der Lampen, das Grollen erschreckt. Klassische Musik erfüllt den Raum, die Kellnerin füllt sein Glas mit Wein. Auf dem Nebentisch entdeckt er eine ausrangierte Tageszeitung, die er zu sich holt. Beim Blättern dringt die Feuchtigkeit seines Jacketts ins Papier ein.

„Merhaba!", tönt es vom Eingang her.

„Welch Überraschung", antwortet Quirin und erkennt seinen Freund Ömer, der ihn mit „Arkadaş du hier und so früh am Abend Wein?", zurechtweist.

„Ömer, sei nicht so türkisch, setz dich, ich bestelle uns Kaffee."

„Oh ja, darauf freue ich mich bei diesem Sauwetter. Momentan ist es heftig da draußen." Seine Lederjacke lässt er an der Garderobe hängen. „Was treibt dich in diese Ecke?"

„Der Regen hat mich vom Rad geworfen und du?"

„Nach der Arbeit hänge ich hier herum, trinke einen Kaffee. Hier gibt es WLAN, so vertreibe ich mir die Zeit mit Neuigkeiten aus der Heimat. Was gibts bei dir, Quirin, erzähl, wie läuft dein Job, deine Wohnungssuche?"

„Bei diesen Chaoten von Mietern werde ich ständig von meiner eigentlichen Arbeit abgehalten. Ich werde in

Lebenslagen hineingezogen, die über das normale Maß hinausgehen. Wie lange ist es her, Ömer, wann haben wir uns zuletzt gesehen?"

„Ich glaube, das war Ende April, du warst auf Wohnungssuche."

„Stimmt Ömer, stell dir vor, ich bin inzwischen umgezogen."

„Freue mich, dass es geklappt hat. Hast du dich eingelebt?"

„Es ist eine bescheidene Parterrewohnung, du kennst das Haus, in dem ich arbeite, ein paar Stufen, dann links. Ich frage mich, ob es eine geschickte Wahl war. Seit ich hier wohne, erwarten die Mieter, dass ich Tag und Nacht für sie da bin."

„Grenzen setzen, Quirin, dann klappt's. Aber sei froh, bei dir ist was los, im Gegensatz zur Arbeit in der Fabrik".

„Oh mein Gott, ja, du hast recht, da ist was los. Die Polizei ist Dauergast bei mir."

„Du übertreibst, mein Freund, das kommt dir nur so vor."

„Vor vier Wochen haben ein paar Jungs eine Wohnung gestürmt. Der Mieter, ein Lehrling, hatte sich heftig gewehrt. Die Polizei sagt, es waren Drogen im Spiel. Auf der Flucht hinterließ die Meute ein Blutbad im Stiegenhaus. Wer wischte die Sauerei weg? Logischerweise ich. Zwei Tage später das nächste Chaos im Hinterhof, es regnete Möbel aus dem fünften Stock. Ein sonst netter Rentner ist ausgerastet, die Polizei hat ihn direkt ins Bezirkskrankenhaus eingeliefert. Wer räumte auf? Logischerweise ich".

„Heftig, heftig, Quirin, ob das für mich oder meine Familie der richtige Wohnort wäre."

„Bald hätte ich das Schlimmste vergessen, vor ein paar Tagen, an einem Freitag, der Schock meines Lebens. Eine Mieterin versuchte sich vom Dach zu stürzen, zum Glück besann sie sich und fuhr mit dem Aufzug nach unten. Als wäre das nicht genug, kamen am Montag die Kommissare mit ihren Spezialisten ins Haus. Zwei davon untersuchten eine Blutlache im Wäschekeller, mittendrin ein Schraubendreher, sie vermuteten, dass es die Tatwaffe ist. Mehr war den Herren nicht zu entlocken. Drei Tage lang war die Tür versiegelt, was für ein Aufruhr unter den Mieterinnen, niemandem war es erlaubt, Wäsche zu waschen. Wo bin ich da hineingeraten?"

„Es ist erschreckend, Quirin, in welche Richtung sich unsere Gesellschaft entwickelt. Man hat gesagt, in einer Kleinstadt ist es friedlich, wie ich höre, stimmt das nicht."

Die Kellnerin serviert den Kaffee, legt eine frische Stoffserviette neben Quirins Tasse. Mit sanfter Bestimmtheit sagt sie: „Trockne deine Haare und zieh die nasse Jacke aus, sonst erkältest du dich", ihre Hand liegt auf seiner Schulter, sie zwinkert ihm zu.

„Holla, so kenne ich das Fräulein nicht", bemerkt

Ömer, „ansonsten gibt sie sich eher unterkühlt – wie betörend ist das denn? Bei dir zeigt die Bosnierin eine fürsorgliche Seite und das bei ihrer sonst so reservierten Art."

Quirin zieht brav seine Jacke aus, hängt sie über die Stuhllehne und flüstert: „Mager ist sie, aber nicht übel, ich finde sie nett". Lächelnd schaut er nach ihr, erntet ein breites Grinsen, an dem seine Augen kleben bleiben.

„Hey Quirin, was ist los mit dir? Wovon träumst du?", Ömer klopft an sein Weinglas. „Komm zur Besinnung, sie arbeitet bis 21 Uhr, du hast genügend Zeit."

Quirin steigt die Hitze der Verlegenheit in den Kopf, lenkt sofort mit einer banalen Frage ab: „Wann ist bei euch Ramadan?"

„Nächsten Monat am 6. Juni, ich habe Nachtschicht, das ist eine harte Zeit für mich. Mit Glück verliere ich ein paar Kilo, die Gelegenheit wäre günstig."

„Na, das glaube ich nicht, denn ihr Moslems esst zwar tagsüber nichts, dafür nachts umso mehr. Wo ist da der Unterschied?"

„Quirin, in der Nachtschicht ist das anders, da bleibt keine Zeit zum Essen. Erst recht nicht, wenn ich nach Hause komme, ist der Tag angebrochen, dann ist Schlafen angesagt."

In Quirins Jackentasche klingelt es. „Entschuldige, Ömer!", er antwortet, „Hausmeister Quirin Saumwe...", eine Frauenstimme fällt ihm ins Wort. Sie spricht, dass er das Handy auf den Tisch legt, um sein Trommelfell zu schonen.

„Hallo! Ja! Aua! Aah! Sind Sie schon da? Hier ist Mariam Pschawela. Sie wissen schon. Quirin, sind Sie das? Quirin, wissen Sie, mein Wasserhahn tropft. Ich war bei Ihnen. Sie waren nicht da. Wo sind Sie denn? Wissen Sie, ich habe Sie überall gesucht. Kommen Sie, wissen Sie, mein Wasserhahn in der Küche. Es schmerzt, dieses ständige Klopfen. Meine Nerven sind angespannt, wissen Sie – das kostbare Wasser. Kommen Sie?"

Sein Handy legt er ans Ohr: „Beruhigen Sie sich, Frau Pschawela, ich komme mor...!"

Sie unterbricht wieder, schreit so, dass sich ihre Stimme überschlägt: „Die ganze Nacht, nein, nicht das Klopfen, dieses ständige Klopfen."

„Frau Pschawela, legen Sie einen Schwamm ins Becken, dann klopft es nicht mehr. Morgen komme ich zu ihnen, ich überprüfe den Wasserhahn. Hören Sie? Haben Sie begriffen?"

„Es tropft. Warum sind Sie nicht verfügbar? Sie haben die Pflicht, da zu sein."

„Ich – habe – Feierabend", entgegnete er ihr überdeutlich. „Morgen komme ich zu Ihnen. Einverstanden?"

„Quirin, ich warte auf Sie, bitte nicht vergessen. Du vergisst alles, schreib es dir auf, du bist wie ich, ich vergesse auch", sie lacht.

„Ich vergesse nichts, Frau …! Frau Pschawela?

Hallo! Sind sie …? Ömer, was war das? Sie hat aufgelegt. Diese Person entwickelt sich zu einem Problem. Einerseits helfe ich der Armen gerne, andererseits ist da ihre Unberechenbarkeit. Du hast es gehört, ich bin hier wie ein Pfleger in einem Sanatorium".

„Warum gehst du in deiner Freizeit ans Handy?"

Wieder summt das Smartphone, langsam wandert es zur Tischmitte. Quirin sieht ihren Namen auf dem Bildschirm. „Wieder diese Nervensäge", er greift zu …

„Behalte deine Finger bei dir, so kapieren sie, wann Schluss ist, verstehst du?" Ömer pustet ihm eine Wolke aus seinem Liquidverdampfer ins Gesicht. „Hast du heute das Neueste aus dem Nahen Osten gehört?"

„Nein! Ich habe oberflächlich die Schlagzeilen im Videotext gelesen, mehr nicht. Hatte keine Zeit."

„Erschreckend, Quirin inzwischen bekomme ich Probleme – dieses Drama, dieses Morden, wie erkläre ich das meinen Kindern? Vor allem, warum diese Terroristen unsere Religion für ihre kriegerischen Zwecke missbrauchen. In Europa wächst die Fremdenfeindlichkeit, das macht mir Angst. Ich verdränge, weißt du, überhöre die Anspielungen meiner Kollegen, ich verstehe es nicht, ich habe einen deutschen Pass, bin in dieser Stadt geboren."

„Ömer, meiner Meinung nach trägt die Presse eine Mitschuld. Sie hat den Terroristen durch ihre Art der Berichterstattung eine Plattform für Propaganda bereitet. Viele Bürger bilden sich ihre Meinung leider anhand der

Schlagzeilen. Hinzu kommt die Aufmachung der Seiten. Je reißerischer die Fotoreportagen, desto uninteressanter der Text."

„Comicband lässt grüßen", sagt Ömer und lacht, „Bilder brennen sich in die Köpfe der Menschen ein und das haben die Terroristen ausgenutzt."

„Die Moscheen mit ihren Gläubigen verbreiten genauso Unmut in der Bevölkerung", sagt Quirin kopfschüttelnd. „Desinformation entsteht durch Abschottung. Andersgläubige diskriminiert man als Ungläubige. Wir wissen, wie gefährlich es ist, wenn sich Religion mit Politik vermischt."

„Quirin, die Moscheen sind inzwischen mehrmals im Jahr für Andersgläubige geöffnet."

„Das ist mir neu, zumindest, Ömer, ist das ein Schritt zur Verständigung, obwohl eure Imame Werkzeuge eurer Regierung sind. Politische Gegner bespitzelt man in den Moscheen. Wenn sie in ihre Heimat zurückkehren, erwartet sie eine überfüllte Gefängniszelle."

„Quirin, wir wissen beide, dass ein Despot unberechenbar ist, trotzallem …"

„Ein Glas Weißwein, bitte", ruft Quirin der Kellnerin zu. Dabei schwenkt er sein Glas über den Kopf. „Entschuldige, Ömer, wenn ich dich unterbreche."

„Schon in Ordnung! Diese Willkür der Politik ist inakzeptabel, aber tatenlos zuzusehen, ist genauso falsch."

„Du kennst mich, Ömer, ich bin Kosmopolit. Solange es hochgebildete Akademiker auf der Welt gibt, da habe ich gehofft, dass solche Konflikte am runden Tisch gelöst werden. Das würde jede militärische Gewalt als Relikt in die Vergangenheit verbannen. Mein Wunschdenken war zugegeben naiv. Die letzten fünf Monate dieses Jahres 2016 sind erschreckend. Zum Glück leben wir auf einer friedlichen Insel namens Europa. Leider lodert an deren Strand ein unkontrollierbares Feuer."

„Ich stimme dir zu, Quirin, schrecklich ist, dieses Feuer stoppt nicht vor Krankenhäusern, Kindern und Zivilisten."

„Mein Freund Ömer, entschuldige, was erwartest du von einem Terroristen? Ehrenhaftes Handeln? Ist er im Blutrausch, vollgepumpt mit Drogen? Vergiss es! Die leidenden Bürger haben keine Wahl, sie sind gezwungen zu fliehen. Jeder in Deutschland würde sich so verhalten. Unsere übersättigte Bevölkerung hockt vor dem Fernseher und konsumiert die Bilder bei einer Flasche Bier. Diese Kriegsszenen sehen aus wie programmierte Computerspiele. Aber es ist kein Spiel, es ist brutale Realität. Sie wissen es nicht besser, verlassen ihre Stube, zünden die Notunterkünfte der Asylsuchenden an und formulieren Hassparolen. Ein solches Verhalten ist dekadent."

„Quirin, im Vergleich zu den Helfern ist die Zahl dieser Rechtspopulisten zum Glück noch gering. Leider sind rechte Parolen von der Presse, je mehr sie darüber berichten, als hoffähig geduldet. Inzwischen hat diese Ideologie sogar den Bundestag erobert. Fragt man sie nach geeigneten Lösungen, Fehlanzeige, sie kommen mit Drohgebärden, mit Gewalt, mit Lügen. Dazu gibt es diese weltweit agierenden Privatarmeen. Die haben genauso wie die Waffenindustrie kein Interesse am Frieden, weil das nicht in ihr Geschäftsmodell passt."

Quirin nickt ihm zu. „Sobald ich mit Mietern über dieses Thema spreche, merke ich, wie dieser Nationalismus in ihren Köpfen steckt. Und das, obwohl sie einen Migrationshintergrund haben."

„Der Mensch, Quirin, vergisst, viele davon sind Wirtschaftsflüchtlinge, die besitzen eine andere Einstellung. Die Angst in der Bevölkerung wächst, sie polarisieren …".

Quirins Smartphone brummt, der tropfende Wasserhahn nervt und verschwindet in seiner Jackentasche. „Ömer, das Wetter hat sich beruhigt, der Abend ist am Anfang und mich fröstelt, bevor ich mir eine Erkältung hole, ist es besser, zu verschwinden. Schick mir eine Nachricht, wenn du wieder Lust auf Kaffee hast, dann habe ich einen Grund, hierherzukommen."

Ömer lacht. „Dafür brauchst du mich nicht, Bosnien arbeitet jeden Tag", grinst er und zieht an seiner Dampfzigarette, die hörbar vor sich hin qualmt.

„Oh, Bosnien hätte ich vergessen", er greift in seine Hosentasche, zieht einen Zwanziger heraus und stellt sich an den Tresen.

Die Bedienung strahlt ihn an. „Bis bald und bitte ohne Regen."

Er zuckt mit den Schultern. „Ich werde mein Bestes geben. Was ist, wenn der Himmel nicht mitspielt?"

Sie lächelt. „Das war nicht so gemeint, ich habe genug trockene Servietten für dich."

Zurück am Tisch hängt er seine nasse Jacke über und verabschiedet sich mit den besten Wünschen an Ömers Familie. Sein letzter Blick beim Verlassen des Cafés gilt der Bosnierin, die mit einem lächelnden Augenzwinkern in der Küche verschwindet.

SIEBEN

Am frühen Morgen quält ihn ein anhaltendes Klingeln, das mehrmals in ein Schnarren übergeht. Er richtet seinen Oberkörper auf und entdeckt fahles Licht, das durch die Löcher der Jalousie auf seine Bettdecke fällt. Dieses wechselnde Geräusch im Flur übertönt den heftigen Regen. Das Schnarren deutet auf eine defekte Türklingel hin, und wenn der oder die da draußen nicht aufhört, ist sie kaputt. Gestresst zupft er an seinem Schlafanzug, tapst barfuß auf das hektische Klopfen zu – Quirin brüllt: „Ja, ja, einen Moment bitte! Ich bin da", er öffnet einen Spalt: „Was wünschen …?"

„Quirin zum Teufel, du hast mich vergessen. Bei mir tropft es weiter", Pschawela stößt ihn unsanft zur Seite, drängt sich vorbei, durch den Flur, direkt in die Küche.

„Was fällt Ihnen ein?", sagt es, drückt die Tür ins Schloss und eilt kopfschüttelnd hinterher. Am Küchentisch hockt etwas, das aussieht wie dieser rosafarbene Morgenmantel, der ein Angriff ist, auf seinen verschlafenen Sehnerv. Den oberen Teil des Mantels hat sie mit den Ärmeln locker um die Hüften geschlungen. Ebenso schlaff hängt ein schwarzes, verwaschenes, fleckiges Top mit Spaghettiträgern über ihren Brüsten. Wie es scheint, wurde sie mitten aus der Morgentoilette gerissen, denn so begibt sich niemand freiwillig durchs Treppenhaus. Quirins aufgerissene Augen starren in ihr Gesicht, das glänzt wie ein eingeöltes Baby. An manchen Stellen kleben Klumpen einer Creme, die Haare sind …

„Was guckst du? Was ist los mit dir, Quirin?", sie zuckt mit den Armen, den Beinen. „Ich habe lange genug an der Tür gewartet, kein Wunder, dass sich die anderen über uns die Mäuler zerreißen."

Er grübelt, senkt den Kopf, starrt auf ihre Beine, deren Knie sich mit jedem Zucken weiter entblößen.

„Steh nicht herum, setz dich, ich habe mit dir zu reden. Mein Problem ist – ich benötige dringend diesen Anwalt. Die beabsichtigen, mir einen Mord anzuhängen. Weißt du, ich habe niemanden umgebracht. Ich hab' vor einem Jahr einer Tussi am Postschalter meine Einkaufstasche übergestülpt. Ja, stimmt, der Tasche ist nichts passiert, der blöden Kuh leider auch nicht. Das war früher", ein trockenes Schluchzen folgt. „Ich habe niemandem was angetan. Warum sagen die das? Mein Telefon ist beschädigt, ruf bitte für mich an, damit er mir hilft, verstehst du? Gestern war ich oben bei Olga, der alten Russin, du kennst sie, ich habe angerufen, aber sie hatte Angst wegen der Kosten. Außerdem quatscht sie, quatscht doof herum."

„Okay, Frau Pschawela! Das mit dem Wasserhahn vergesse ich nicht. Entschuldigung, ich habe heute verschlafen, ich werde ihn nach dem Telefonat reparieren. Wie ist die Nummer?"

„Wissen Sie, Quirin, dass mit dem Wasser ist in

Ordnung, das war ein Vorwand, damit Sie zu mir kommen. Ich benötige dringend diesen Anwalt. Bitte helfen Sie mir dabei, helfen Sie mir als Freund."

„Kein Problem, ich benötige die Nummer."

Aus der Tasche ihres Morgenmantels zieht sie ein zerknittertes Blatt Papier: „Hier, aus seinem Büro, ein Brief", sie streicht die Knitterfalten über ihrem Oberschenkel glatt, „da oben, unter dem Namen, steht die Nummer. Weißt du, er hat mir bei meiner Verhaftung geholfen, ein netter alter, Herr, – die Polizisten waren nett, ich glaube, sie haben versucht, mir zu helfen."

Quirin stellt die Verbindung her, und reicht ihr das Smartphone: „Vorsicht bitte, seitlich anfassen, nicht fallen lassen."

„Keine Sorge!" Sie drückt es ans Ohr, plappert sofort los: „Hallo hier ist", sie stutzt und sagt: „Es tutet?"

„Warte, bis sich jemand meldet, das dauert." Er grübelt: Dieses Wesen in ihrem seltsamen Outfit, wenn sie meine Wohnung verlässt, um Himmels willen, was denken die Mieter von mir? Warum spaziert sie schlampig durchs Haus?

„Hallo, hier ist Mariam Pschawela! Ich muss mit meinem Anwalt sprechen. Hören Sie mich? Hallo! Hören Sie mir zu? Verdammt Hallo! Sie redet in einem fort, die Kuh hört mir nicht zu. Sagt, es ist Wochenende, redet von einem Piepton. Was bildet die sich ein, Frechheit." Sie schiebt ihm das Handy über den Tisch: „Mach sofort aus! Die blöde Kuh weigert sich, auf mich zu hören", schreit sie ihn an, als hätte er darauf Einfluss.

„Frau Pschawela, das war der Anrufbeantworter. Wie ich sehe, steht in meinem Kalender der 21. Mai, und samstags sind alle Kanzleien geschlossen. Rufen Sie am Montag wieder an. Ich habe übersehen, dass Wochenende ist. Der Wecker ist stehen geblieben, mein ungutes Gewissen war umsonst. Ich fühle mich gleich besser. Geschätzte Nachbarin, Lust auf einen Kaffee?"

„Ja, gerne! Wissen Sie, mein Kühlschrank ist leer, einkaufen unmöglich, ich bin traumatisiert von der Verhaftung. Ich bin mir sicher, dass die Schmerzen in den Gelenken, in den Knien, Nebenwirkungen sind. Sie haben ein Medikament im Essen versteckt, das mich außer Gefecht setzt. Ich benötige meine Kraft, um das Geld aufzutreiben. Die Marokkaner in Amsterdam warten darauf. Die sind da nicht zimperlich. Zu blöd, bin in den falschen Zug gestiegen, verdammt, alles ist schiefgelaufen. Der Stoff ist weg, jetzt bleche ich für nichts."

Er ignoriert ihre Geschichte, denn je weniger man davon mitbekommt, desto besser. Quirin füllt die Pfanne mit Speckwürfeln aus der Packung und schlägt die Eier darüber. Brutzelnd breitet sich der Duft in seiner Küche aus. Nebenbei deckt er den Tisch, schneidet Brot.

„Hast du einen Toaster, Quirin? Weißt du, ich röste die Scheiben, dann schmeckt es besser."

„Nein, leider nicht, ich lege Ihnen eine Scheibe Brot in die Pfanne."

„Weißt du, Knast, da geh' ich auf keinen Fall hin,

das halt ich nicht aus, da bring' ich mich lieber um. Weißt du, ich hab's versucht, Selbstmord. Leider hat man mich gefunden. Beim nächsten Versuch mach' ich's besser. Wobei der Knast war okay, aber es kommt immer drauf an, in welchen Knast sie einen stecken. Aichach ist okay, da hatte ich alles: geregeltes Essen, Fernseher, Bücher und keinen Stress. Wieder in Freiheit, ständig der Ärger mit dem Geld, den Behörden, dann diese Hausverwaltung. Warum überweist das Amt zu wenig Miete? Deine Chefin droht mir mit Kündigung. Das Leben hier draußen ist zu teuer. Ich lese gerne, Bücher kaufen, unmöglich. Mal sehen – in Buchläden habe ich kein Hausverbot", lacht sie übertrieben.

„Welche Art von Büchern lesen Sie, Frau Pschawela?"

„Da ist eine, warte, eine Französin. Sie heißt Saigon, nein, warte, wie heißt sie – Sagan, ja genau, das ist ihr richtiger Name. Sie schreibt, ist wie ich, hatte Probleme mit Drogen. Leider habe ich keine Bücher mehr. Ich habe nichts mehr, meine Wohnung ist leer. Was ich an Möbeln besitze, ist von der katholischen Kirche, die haben mir geholfen. Meine Kinder lachen mich aus, sagen, ich rede seit einem Jahr vom Renovieren, aber ich schaffe es nicht. Der Sohn ist mein Liebling, mit der Tochter habe ich Probleme. Mein Sohn kümmert sich um mich, aber er hat Colitis ulcerosa. Sobald er Falsches isst, dann …"

Das Handy klingelt: „Quirin Saumweber! Was kann

ich für Sie tun?", und beim Zuhören, sieht er, wie sein rosarotes Chaos das Brot mit den Speckeiern in sich hineinstopft. Ohne darauf zu achten, dass für ihn etwas übrig bleibt, leert sie die Pfanne. Quirin dreht sich zur Seite und fragt den Anrufer, ob jemand im Aufzug steckt. Zum Glück nicht. Er verspricht, ihn zeitnah wieder in Gang zu setzen und gegebenenfalls den Notdienst zu verständigen.

Quirin steckt sein Handy wieder in die Tasche. Mariam sagt: „Die Zuckerdose, bitte!" Sie schaufelt mindestens fünf Löffel in die Tasse, rührt so kräftig, dass ein Teil über den Rand auf den Tisch schwappt.

Sie starrt auf den wirbelnden Kaffee und sagt: „Zucker gibt Energie. Heute benötige ich eine Menge davon. Nimm nie den Aufzug! Darf man bei dir rauchen? Keine Sorge, Quirin, ich öffne das Fenster, wie bei mir zu Hause." Sie steht auf, lässt den Morgenmantel von den Hüften fallen, kniet sich hin, kramt in den Taschen und sagt: „Ich habe die Schachtel vergessen, hast du welche?"

„Im Fach über dem Kühlschrank ist ein Etui, ich rauche nicht, sind für meine Gäste. Bekomme welche von den Mietern geschenkt".

Sie lässt den Morgenmantel auf dem Boden liegen und tastet sich halb nackt an das Regal heran. „Wo denn, ich sehe einen Aschenbecher mit Feuerzeug."

„Dahinter", antwortet Quirin, „hinter dem Ascher, hat es fünf Schachteln".

Auf Zehenspitzen, mit Höschen bekleidet, holt sie die Zigaretten.

„Gefällt dir, was du siehst? Zu Hause habe ich nicht so viel an. Es ist unkomplizierter, weißt du, mich friert nicht. Meistens ist bei mir die Heizung aus, hab' viel gespart im letzten Winter. Aber die vom Sozialamt haben mir mein Erspartes weggenommen. Das sind Arschlöcher! Denen ist egal, wie ich lebe." Sie steht am offenen Fenster und lässt den Rauch langsam nach draußen ziehen. Ruckartig dreht sie den Kopf zu Quirin, streicht sich über den Hintern: „Magst du meinen Hintern?", sie wackelt damit. „Weißt du, ich liebe meinen Popo", wieder wackelt sie, klatscht mit der Hand auf die linke Hälfte.

Quirin lacht verunsichert, beobachtet das Glimmen an ihrem Mund. Kräftig saugend verschlingt die Glut im Nu Tabak und Papier. Dann bläst sie eine dicke Wolke ins Freie, drückt den Rest der Zigarette aus, entleert den Aschenbecher mit einer lockeren Bewegung aus dem Fenster. Quirin entdeckt, woher die ganzen Zigarettenstummel auf dem Rasen vor dem Haus kommen. Täglich nervt diese Sauerei, die mit Mühe zu beseitigen ist. Schweigend sieht er zu, denn eine Standpauke würde bei ihr nichts bringen.

Zurück am Tisch trinkt sie ihre Tasse aus. „Quirin, weißt du, wir Russen mögen euch Deutsche nicht. Viele Ausländer mögen euch nicht. Ihr seid alle Faschisten, niemand auf der Welt liebt die Deutschen."

„Aber was reden Sie da, Frau Pschawela, das zu behaupten, ist doch …"

„Verstellen Sie sich nicht, Sie haben das im Blut. Deutschland ist scheiße."

„Warum verschwindet ihr nicht, zurück in eure Heimat?"

„Weißt du, wir Russen kommen hierher, um euch zu bestehlen, weil ihr so dumm seid."

„Jetzt reicht's, Frau, Sie beleidigen mich, es ist …"

Sie lässt ihn nicht zu Wort kommen: „Ich stehle oft, nur so kann ich mir ein bisschen Mode und Kosmetik leisten. Bei dem Geld, das ihr mir zahlt, ist billiges Zeug keine Lösung. Es ist wichtig, auf Qualität zu achten, denn dann hast du länger davon. Montag ist der beste Tag für solche Aktionen. Die Verkäuferinnen sind verschlafen, mit den Gedanken zu Hause im Bett beim Sex", lacht sie lauthals. „Morgens merken die Hühner nicht, wenn ich an der Kasse vorbeilaufe. Manchmal erwischen sie mich, aber das ist mir egal. Die Polizei sagt ohnehin nur, Hausverbot, sie kommen gar nicht, weil ich aktenkundig bin. Ich bin aktenkundig, kannst du dir das vorstellen. Mir ist nicht zu helfen, ich bin nicht gesellschaftsfähig, sagt der Psychiater."

„Aber die Sicherheitssysteme, wie tricksen Sie die aus?"

„Ich habe einen Parker, die Jacke ist mir zu groß, mit Absicht. Hinter dem Futter, da passt was rein, ich sag' dir, da ist genug Platz", sie lacht, „Ich hab' Kühlta-

schen eingenäht, das Alu schirmt ab, das Sicherheits-
system erkennt nichts. Ihr Deutschen haltet euch für
schlau, das seid ihr nicht, ihr seid Nazis", sie lacht wieder.

Quirin merkt, wie sein Herz vor Wut rast, wie ihm
das Blut in den Kopf steigt, wie er dieses Weib am liebsten mit Schlägen hinausgeworfen hätte. Lautlos
schimpft er in sich hinein: Ich habe dir geholfen, du blöde Kuh, dafür werde ich als Nazi beschimpft. Wortlos
räumt er den Tisch ab, bleibt hinter ihr stehen, fixiert
ihre Nackenmuskulatur unter dem hochgesteckten
Haar. Seine Hände – es ist der passende Moment, um
zuzudrücken, so lange, bis ihr Gesicht rot anläuft, bis
ihre Zunge zwischen den Lippen hervorquillt. Warum
bist du nicht vom Dach gesprungen? Wieder klingelt
das Handy in seiner Hosentasche. Verdammt, er atmet
tief durch …

„Quirin, dein Handy. Schade, es hat wieder aufgehört", sie kichert, „du bist zu langsam!"

Hätte' ich nur zugedrückt, das wäre ohnehin die
sauberste Sache, vor allem ohne diese Sauerei, wie mit
dem ganzen Blut im Wäschekeller. Das ist dein Glückstag, Pschawela, du bist davongekommen. Um einer Es-
kalation vorzubeugen, beendet er das Frühstück in bar-
schem Ton: „Frau Pschawela, hauen Sie ab, sofort!
Lassen Sie mich in Ruhe! Ich schaue jetzt nach dem
kaputten Aufzug, dann gehe ich für das Wochenende
einkaufen. Der Vormittag ist fast vorbei, denn am

Nachmittag habe ich einen Termin. Bitte verschwinden Sie!"

„Okay, ich gehe. Bring mir Brot und ein paar Eier aus dem Supermarkt mit, das Geld gebe ich dir später."

Auf keinen Fall, grübelt er, aber in einem Reflex stimmt er zu, um sie loszuwerden.

„Komm zu mir, ich bin zu Hause, geh heute nicht raus, meine Beine, ich bin müde. Wenn es Saft gibt, zwei, drei Flaschen, keinen Orangensaft, keinen Ananassaft. Mit den Eiern aufpassen, nur die L, komm mir nicht mit den M oder kleiner! Bis später!" Sie wickelt sich das rosa Frottee wieder um die Hüfte, huscht an ihm vorbei zur Tür hinaus.

Was ist das für eine Ruhe, er atmet mehrmals tief durch. Ist das wirklich passiert? Weiß dieses Weib, was sie da von sich gibt? Erst beleidigt sie, und verlangt, dass man für sie einkauft. Quirin, du Depp, reagierst auf ihr Spiel mit einem „Ja", wie krass ist das denn?

Nachdem er die Wohnung verlassen hat, versucht er erfolglos, die Elektronik des Aufzuges im Maschinenraum zurückzusetzen. Er sichert den Fahrkorb, hängt Hinweisschilder auf. Wieder benutzen die Mieter am Wochenende die Treppe. Warum die Anlage in regelmäßigen Abständen stehen bleibt – der Monteur rätselt bei jedem Einsatz. Auf der Treppe hört er sich das Gejammer vereinzelter Mieter an, wie mühsam das sei, vor allem mit den Einkaufstaschen. Verständlich, es ist Wochenende.

Er parkt seinen 2 CV vor dem Supermarkt, schnappt sich einen Einkaufswagen, in seiner Jackentasche klingelt es. Die schrille Stimme von Pschawela zwingt ihn, das Handy vom Ohr zu entfernen. Sie überfällt ihn mit ihren kurzen Sätzen aus Wortfetzen, die keinen Sinn ergeben. Seine wiederholten Nachfragen bestätigen, dass er nicht mehr einkaufen müsse, dafür ist ihre Tochter da. Ohne sich zu verabschieden, bricht die Verbindung ab. Von wo hat sie angerufen? Quirin ist fassungslos, worauf er sich da eingelassen hat.

ACHT

Die Lokalpresse kündigt für den 21. Mai ein von der Sonne verwöhntes Wochenende an. Trotz Regenwetter brechen an diesem Tag Tausende mit dem Auto auf zu den bayerischen Seen. Am frühen Morgen staut sich der Verkehr auf den Zufahrtsstraßen der Parkplätze. Die Entschädigung für das lange Warten der Erholungssuchenden: Der Regen hat aufgehört, und es präsentiert sich ein Sonnenpanorama. Tiefblaues Wasser, schneebedeckte Berggipfel, Raddampfer überqueren den See, den die Fischer mit einem Augenzwinkern als Bach bezeichnen. Grund dafür sind die Flüsse Ammer und Rott im Süden. Sie füllen den eiszeitlichen Zungenbeckensee mit ihrem Wasser, bis daraus im Norden das Flüsschen Amper entsteht. Es ist ein weitläufiges Gewässer, das im Süden eine breite Bucht mit Hotels, Restaurants und Eisdielen aufweist. Dahinter erhebt sich ein bewaldeter Hügel, auf dessen Spitze eine Klosterkirche thront. Ihr barocker Glockenturm überragt die Landschaft und streckt seine Spitze wie ein mahnender Zeigefinger einer aufgetürmten Wolke entgegen. Sie sieht aus wie das Sahnehäubchen auf dem Obstkuchen beliebter Strandcafés. Unbeeindruckt von der Wolkenpracht, die sich zu einem Amboss formt, kreuzen am Fuße des heiligen Berges Boote mit weißen Segeln.

Am Ufer rekeln sich genüsslich Ausflügler auf ihren Badetüchern oder schlafen in ihren Campingstühlen. Ohne Übergang wechselt das Wasser die Farbe des trist werdenden Himmels an, und der Ammersee verliert seine Freundlichkeit. Rot blinkende Leuchtfeuer an den Ufern warnen vor aufziehendem Sturm. Segelboote drehen und halsen in den Wellen, auf der Suche nach einer Brise, die sie schnellstmöglich in den sicheren Hafen bringt. Allmählich schläft der Wind vor dem Sturm ein, die Segel geben ihren letzten Schlag, bevor sie schlaff an den Mastbäumen hängen. Wer in dieser Lage einen Motor hat, ist klar im Vorteil. Die anderen quälen sich mit Paddeln und allen möglichen Hilfsmitteln, um voranzukommen.

Nach geraumer Zeit ist der See bis auf den Ufergürtel menschenleer. Einzig in der Mitte hebt sich ein weißes Segelboot vom konturlosen Hintergrund ab. Den Skipper scheint die Lage nicht sonderlich zu beunruhigen, denn er kennt das Szenario, hat es fernab der Mittelmeerküste oft erlebt. Vor Langeweile sitzt er da, amüsiert sich über die eilenden Sommerfrischler.

Er klettert von der Plicht an Deck, macht das, was er auf See vorbereitet hätte, er verkleinert die Segelfläche. Heute, mit dem Großfall, den Reffleinen, benötigt er länger, denn ein Wundverband an der rechten Hand hindert ihn daran, zuzugreifen. Sein beigefarbenes Boot dümpelt auf dem See. Mit einem Lächeln beobachtet er das chaotische Einlaufen der Boote, denen er zuruft:

„Verschwindet! Runter vom See! Kommt mir nicht in die Quere." Ein prüfender Blick folgt, erst zum Mast, nach achtern, zur festgebundenen Ruderpinne. Von seiner Arbeit überzeugt, verkriecht er sich unter Deck und wartet ab.

Die Taktik des Abwartens wandte er in seinem Leben oft an. Wann immer Probleme auftauchten, tauchte er ab, nutzte die Ruhe, um sich passende Lösungen auszudenken. Dieses Mal benötigt er eine Menge davon, denn er steckt in Schwierigkeiten.

Aufgrund einer Gewalttätigkeit schmerzt seine Hand, und die Kompresse saugt sich übermäßig mit Blut voll. Die Wunde ist aufgebrochen und drängt ihn, den Verband zu wechseln. Hinter einem Kissen verbirgt sich eine Flasche Rumverschnitt, aus der er mehrmals einen kräftigen Schluck nimmt. Die innere Desinfektion ist alles für ihn. Zwischendurch schaut er durch den Niedergang in den Himmel. Jetzt ist Flaute – aber wie lange? Mit der Flasche verkriecht er sich wieder in die Koje.

Ein weiterer Schluck, der Wind zerrt an der Takelage, bis der Rumpf vibriert und das Boot sich auf die Seite legt. Das Ruder, die Segelstellung, beides ist so ausgerichtet, dass die Jacht keine Fahrt aufnimmt. Zur Sicherheit steht er auf, klettert ins Cockpit. Überprüft, ob alles passt. Breitbeinig, die Hände in die Hüften gestemmt, die Ellenbogen weit auseinander, so lässt er seinen Blick über den See schweifen. Dabei entdeckt er die auslaufenden Windsurfer, für die jeder Sturm eine willkommene Herausforderung ist.

Zurück in der Kajüte, schließt er den Niedergang. Ihm ist es egal, wohin sein Boot mitten auf dem See treibt. Er betäubt seine schmerzende Hand mit Rum, der schluckweise durch seine Kehle rinnt. Grell zucken die Blitze, gefolgt von sintflutartigen Regenfällen. Nach jedem Blitz rollt Donner über ihn hinweg. Ein heftiger, dumpfer Schlag im vorderen Rumpfsegment passt nicht in das Klangbild eines Segelbootes, das beigedreht liegt. Beunruhigt greift er nach seiner Schwimmweste und der Taschenlampe, mit der er nach vorn in die Bug-koje leuchtet. Zum Glück ist dort alles in Ordnung, kein sprudelndes Seewasser durchnässt die Koje. Zur Sicherheit wirft er einen Blick unter die Bodenbretter, wartet, bis sich der Bug anhebt und gleich wieder senkt. Auch hier bleibt die Bilge trocken.

In seine Regenjacke gehüllt, klettert der Skipper ins Freie und entdeckt im gleißenden Licht eines Blitzes ein türkis-gelbes Segel direkt neben dem Rumpf. Die Hand-fläche an der Stirn hält einen Teil der Regentropfen ab, die ihm der Wind ins Gesicht wirft. Zwei Plastikteile, mindestens einen Meter, schwimmen zwischen weißen Schaumkronen dicht am Bug. Alles sieht aus wie ein zerbrochenes Surfbrett. Mehrmals brüllt er in die Dun-kelheit, aber keine Antwort, kein Lebenszeichen, nichts. Es kommt vor, dass ein herrenloses Surfbrett vom Ufer ins Wasser geweht wird. Dieses hier hat fern ab vom

Ufer seinen Bug erwischt. Kurz bevor er wieder unter Deck schlüpft, ein Blick durch die Reling aufs Wasser. Wieder wischt er sich den Regen aus den Augen — etwas schlägt von unten gegen das Segel, hebt es an. Sofort streckt er den Kopf über Bord, ruft mehrmals, macht sich bereit, ins Wasser zu springen.

Vor ihm, am halb untergetauchten Segel, eine Hand, ein Arm, der um sich schlägt. Dazwischen ein blonder Haarschopf, unter dem ein heftiger Hustenanfall zu hören ist. Er löst den Rettungsring vom Heck, wirft ihn über Bord und brüllt dabei gegen den Wind: „Halt dich fest, direkt vor dir, komm, ich ziehe dich raus! Festhalten, ich helfe dir! Greif zu!" Zarte Finger greifen nach dem Ring, die Beine strampeln, beherzt zieht der Skipper Hand über Hand an der Leine. Neben der Badeleiter am Heck ergreift er erst den Rettungsring, dann einen zarten Arm und zieht die Person beherzt in die Plicht.

„Danke! Tausend Dank!", hustet und prustet das Opfer.

„Okay, setz dich!"

„Entschuldigung. Ich versuchte auszuweichen", bricht es aus ihr heraus. „Eine Windböe hat mich aus dem Wasser gehoben und das Surfbrett direkt auf dein Boot geschleudert. Tut mir leid, das war nicht meine Absicht", sie hustet wieder und lehnt sich erschöpft zurück. „Hoffentlich ist nichts gebrochen?"

„Solange wir nicht untergehen, ist das kein Problem. Ein paar Kratzer, scheiß darauf. Jetzt ab unter

Deck, es fängt an zu hageln", beide schlüpfen in die Backbord- und Steuerbordkoje. Er zeigt auf die Schwimmweste: „Zieh sie aus, hier ist ein Handtuch, eine Wolldecke, es ist frisch." Seine Augen fixieren sie, denn die gerettete Person ist ein zierliches Mädel, deren blondes Haar sich durch das trocken reiben, zu einer voluminösen Mähne aufplustert.

Die Hagelkörner erzeugen inzwischen ein gewaltiges Trommelfeuer, das jede Unterhaltung im Innern des Bootes unmöglich macht. Der Skipper lässt die Funken des Feuersteins sprühen, die den Gasbrenner unter einem Wasserkessel entzünden. Den restlichen Tee aus einer Thermoskanne verteilt er auf zwei Plastikbecher, in jeden gibt er einen kräftigen Schuss Rumverschnitt und ein Häufchen Kandiszucker. „Hier trink, ist lauwarm", ruft er, „das Wasser kocht im Nu, dann mixe ich uns frischen Grog."

Der Löffel dreht sich in seinem Becher, zurückgelehnt beobachtet er, wie das Mädel mit klappernden Zähnen sich in die Wolldecke einwickelt. Ständig schaukelt der Wind das Boot, Blitze zucken, heftige Donnerschläge folgen. Sie wärmt ihre Hände am Becher, trinkt schluckweise, dann lässt der Hagel nach. Ihre zarte Stimme bedankt sich, spricht zwischen den klappernden Zähnen von ewiger Dankbarkeit.

„Mädel, das ist die Pflicht eines jeden auf See. Kein Wunder, wenn der Wind mit dir spielt, so zierlich wie du gebaut bist. Wie schaffst du es, bei einem Sturm das

Rigg zu halten?"

Sie lacht: „Reine Technik, sonst nichts. Aber wie du siehst, ist mir das nur teilweise gelungen. Dein Tee ist lecker, ein Schluck, und mir ist wohlig".

„Zum Glück ist bei dir alles heil geblieben."

„Bei mir ja, aber was ist mit deiner Hand, der nasse Verband, das Blut? Mein Gott, was ist dir passiert? Komm, lass mich das verbinden, das Seewasser ist unrein, im Nu wird die Wunde septisch. Hast du etwas Trockenes?"

„Ja, im Schapp hinter dir, da sind ein paar Rollen."

Zwischen allerlei Krimskrams, silbernem Klebeband, findet sie ein Päckchen mit einem Äskulapstab drauf. Sofort befreit sie seine Hand von der nassen Gaze. „Haben sie dich ans Kreuz genagelt, wie Jesus? Vorn rein, oje, hinten raus, mein Gott, wie ist das passiert?"

„Eine Unachtsamkeit, aber hatte Glück."

„Na, wenn das Glück ist, so entzündet, dazu geschwollen, wie die Wunde, ja die ganze Hand ist. Scheiße sieht das aus. Ich tippe auf einen ausgewachsenen Wundbrand."

„Ich gebe dir recht, Mädchen, zwei Wochen sind vergangen und es ist nicht verheilt, im Gegenteil es ist eitriger geworden."

„Geh lieber zum Arzt." Nach dem Abtupfen legt sie den frischen Verband an. „Eine Einnahme von Antibiotika schadet in diesem Fall nicht."

Draußen blitzt und donnert es weiter.

„Das Gewitter ist über uns. Nicht mehr lange, dann ist alles vorbei", er betrachtet seine Hand, „Danke, Mädchen, das ist perfekt", er stellt seinen Becher neben den Kocher, löscht die Flamme. Er bemerkt, wie sie zittert. „Das Klügste ist, du ziehst dir Trockenes an. Gib mir deinen Becher, ich fülle ihn wieder auf, aber vorher ziehst du dir Trockenes an." Mit der gesunden Hand zieht er eine Segeltasche aus der Achterkoje, holt einen frischen Trainingsanzug heraus und sagt: „Der wird dir zu groß sein, aber egal, Hauptsache, er wärmt. Wir verbringen die Nacht hier draußen. Für mich ist das Training, wenn alles klappt, segle ich in ein paar Wochen durch die schwedischen Schären. Was ist mit dir, wartet jemand auf dich, den man benachrichtigen muss?"

„Nein, ich bin allein, übernachte auf dem Zeltplatz. Aber bei dir ist es genauso bequem, dazu dein leckerer Tee." Sie lacht übertrieben und fragt: „Hast du momentan deinen Jahresurlaub?"

„Nein, keine Ferien, ich arbeite nicht, ich bin nicht mehr der Jüngste. Ich bin Rainer und wie heißt du?"

„Ich bin die Tanja."

„Bist du öfters am Wochenende hier am See, Tanja?"

„Mein Studium fängt erst im Oktober an, da habe ich ausreichend Zeit. Wenn mich der See langweilt, gehe ich in den Süden, wo es wärmer ist."

„Hier ist deine Tasse. Vorsicht, verbrenn dir nicht

den Mund! Zieh die nassen Sachen aus, ich gehe an Deck und schaue nach dem Rechten." Rainer schlüpft in die Jacke, stülpt die Kapuze über und steigt nach draußen. Der Regen hat nachgelassen, nur der Wind peitscht die Wellen auf. Mit der verbundenen Hand in der Jackentasche, den Blick nach hinten gerichtet, erinnert er sich an Mariam, vergleicht sie mit diesem Wesen in der Kajüte. Dabei verziehen sich seine Lippen zu einem schelmischen Grinsen: Welch ein Zufall, dass mir diese Zartheit, dieses elfenhafte Wesen an Bord gespült hat. Leider ist sie nicht wie meine Mariam. Sie ist zu brav, ihr fehlt eine gewisse Verrücktheit. Ich vermisse bei ihr die Verdorbenheit. Bedauerlicherweise übertreibt Mariam es. Sie lässt keine Gelegenheit aus, sich auf den Nächstbesten zu stürzen. Hat sie ihren Willen durchgesetzt, wirft sie ihn weg wie eine ausgedrückte Zigarre. Wie viel Rum verabreiche ich Tanja, um sie zu betäuben?

Beim Ausziehen des nassen Neoprenanzugs in der Enge der Kajüte holt sie sich einen blauen Fleck nach dem anderen. Dann der nasse Bikini – sie schaut sich um, sucht Rainer, zieht ihn aus. Als sie den Trainingsanzug anzieht, steckt sie, wie in einem Segelsack.

Extrem Bewegen ist hier nicht, es gibt keinen Grund, dass die Hose rutschen lässt. „Rainer!", ruft sie nach draußen. „Rainer, komm, ich bin fertig!", ihre piepsende Stimme überschlägt sich.

Der Regen prasselt wieder stärker. Unter Deck holt

Rainer eine zweite Flasche Rum aus dem Schapp über dem Wasserkocher. Er schaut zu Tanja, sieht, wie sie in der Ecke neben dem Mast kauert und sich eine Wolldecke überzieht. Er streckt ihr die Hand entgegen: „Gib mir den Becher, ich habe frische Medizin, ich hoffe, du trinkst deinen Grog mit Zucker?" Ohne ihre Antwort abzuwarten, gießt er einen kräftigen Schluck Rum über den Kandis, aber nur einen winzigen Schluck heißes Nelkenwasser.

Sie lacht: „Warum leerst du nicht erst die eine Flasche, bevor du eine neue öffnest? Was hast du vor?"

„Ein winziger Schluck, mehr ist da nicht drin", sagt er und leert die Flasche. Dann reicht er ihr den Becher mit einem Lächeln: „Keine Sorge, meine Medizin vertreibt die Kälte aus deinen Knochen, wie den Skorbut." Sie schaut ihn an, wundert sich über sein übertriebenes Gackern.

Ohne zu zögern, trinkt sie einen Schluck nach dem anderen: „Oh ja, ich fühle mich gleich besser, es wärmt von innen".

„Dann trink, es ist genug da! Lieber nichts riskieren, denn wenn sich Fieber ausbreitet, ist es meist zu spät." Wieder spart er mit dem Wasser, mildert den herben Geschmack des Alkohols mit einer ordentlichen Portion Kandiszucker. Er lächelt, schaut zu, wie sie unkontrolliert nach dem Becher greift. Bei ihren fünfzig Kilo braucht es kaum Alkohol, um ein sinnloses Herumalbern auszulösen. Ihre Reisegeschichten sprudeln wirr aus ihr heraus, mit jedem weiteren Schluck wird ihre Aussprache unverständlicher.

Rainer hört nicht zu, denn seine Gedanken sind wieder bei Mariam, mit der er gerne in einer festen Beziehung gelebt hätte: Wie unbedacht von mir, dass ich auf die Schlampe hereingefallen bin. Die hat mich wegen des Geldes ausgetrickst. Für die war ich nur eine Marionette. Dann das blöde Geschwätz: Nähe, ertrage ich nicht, benötige meine Freiräume. Sobald ein Kerl auftaucht, ist es ihr nicht eng genug. Und dieses süffisante Lächeln auf meine Frage, ob sie sich verkaufe. Wäre der Verdacht Grund genug, auszuflippen, kommt diese dämliche Antwort: Verkaufen nicht, verleihen schon. Aufkommende Aggressivität lässt den Grog in kürzeren Abständen durch seine Kehle rinnen.

„He Rainer! Hey, du, hinter deinem Becher! Hörst du mir zu? Wo bist du mit deinen Gedanken, ich rede, aber du bist woanders."

„Entschuldige, ich habe dir zugehört, ich habe nachgedacht. Ich werde öfter reisen. Werde mich an schöneren Orten aufhalten, so wie du. Seit zwei Wochen treibe ich mich auf diesem See herum. Das ist zu lange für seine Größe."

„Rainer, bitte ein Getränk, saugut der Stoff, fühl mich sauwohl, bist mein Lebensretter. Ja, du Retter!", sie macht eine Pause, starrt auf den Becher, trinkt ihn leer. Sofort hält sie ihm das Plastikteil wieder vor die Nase. Ihre Zunge bewegt sich nicht mehr synchron zu den Worten: „Du da, lass deinen Norden ..., dein Norden, zu eisig, Italia ist kuschel-, ist kuschelwarm."

Er liest in ihren glasigen Augen die Wirkung eines weiteren kräftigen Schlucks. In ihren raumgreifenden Bewegungen, ihren unverständlichen Wortkombinationen zeigt sich der Zuckerrohrbrand. Immer mehr rutscht sie zur Seite, der Reißverschluss ihrer Sportjacke öffnet sich. Sie wippt rhythmisch mit den Schultern, lacht ausgelassen und schrill: „Lass uns – komm, mach Musik, lass uns tanzen!" Ohne dass sie es merkt, tanzen ihre Brüste hinter der Jacke hervor: „Super Opa, mir ist so wohlig, wo soll ich schlafen – hier? Da, das ist okay! Wo schläfst du?" Sie versucht, sich aus der Wolldecke zu befreien, was ihr mühsam und mit umständlichen Verrenkungen gelingt. „Ich bin so weit, aber wo zum Teufel ist mein Zelt? Schlüpf jetzt – nur ..."

„Tanja! Komm nach vorn in die Koje, da ist dein Platz. Komm Mädel, ich helfe dir", sie versucht es, auf allen vieren.

„Lass mich, 's geht scho! Scheiße!", sie knallt gegen den Tisch, plappert sinnlos weiter, sucht Halt. „Oh fuck Raini, is eng, verdammt eng hier, Raini."

Er packt sie an den Hüften, die Hose rutscht in die Kniekehlen. Sie merkt es nicht, merkt nicht, wie er ihr genüsslich über den Hintern streicht und sie dabei heftig in die Bugkoje drückt. „Meine Kleine, es ist nicht zu eng, vertrau mir." Willenlos liegt sie vor ihm, bemerkt nicht, dass seine Hände unberechenbar geworden sind. Sein

Atem rast, er dreht sie auf den Rücken, hält kurz inne. Ihr Oberkörper richtet sich auf, ihr Schädel knallt gegen die Kabinendecke. Wie ein Sack kippt sie zurück auf die Matratze.

Eine Leselampe erhellt spärlich die Bugkoje. Aus dem Schapp entnimmt er ein 48 mm breites silbernes Superklebeband, löst ein langes Stück von der Rolle ab. Mehrmals wickelt er es über ihre Augen samt dem Schädel. Seine Hände zittern vor Erregung, die Trainingshose fällt ihr von den Füßen. Flüsternd beugt er sich über sie: „Was bist du so lieb, Mädel – heute gehörst du mir, mir allein, das hab' ich doch verdient, oder? Oh ja, mein Mädel, hab keine Angst, du wirst nichts merken, versprochen. Keiner ist so zärtlich wie Rainer."

NEUN

„Habe ich eine auf uns zukommende Katastrophe, eine sich anbahnende Wirtschaftskrise übersehen? Warum sonst benötigt jeder an einem einzigen Tag übervolle Einkaufswagen? Zuerst nervt mich diese Pschawela, dann der Streit um die letzte Packung Bratwürste und zuletzt das Gedränge an den Kassen. Nie wieder samstags einkaufen, lieber verhungere ich." Quirin brummt im Auto wie der Anlasser seines Motors vor sich hin. Es ist einer dieser Momente, die nach Ablenkung schreien. Seine Gedanken kreisen um die Bosnierin, um ihre freche, fürsorgliche Art. Heute hat er keine verderblichen Lebensmittel in der Einkaufstasche. Auto stehen lassen, zu Fuß ins Café? Er versucht es ein zweites, ein drittes Mal – ein Wunder, kurzes Stottern, der Motor arbeitet.

Im Café herrscht zur Mittagszeit reger Betrieb. Quirin schaut sich um – sein Tisch am Eingang ist frei. Welch ein Glück, dieser Platz hinter der Garderobe ist für die nach Aufmerksamkeit heischenden Yuppies unattraktiv. Auf der Suche nach seiner Dürren – sie ist nirgends zu sehen. Hinter der Theke verfolgt ihr Chef ein Fußballspiel im Fernsehen. Mehrmals fuchtelt Quirin mit dem Arm, sucht Blickkontakt, seine Rufe versinken im Stimmengewirr der umstehenden Gäste. An der Theke

bestellt er einen Espresso und einen gedeckten Apfelkuchen.

Zurück in seiner Ecke sorgt sein Smartphone mit
einem E-Book für den passenden Zeitvertreib. Er er-
tappt sich dabei, wie seine Augen nach der Bosnierin
Ausschau halten und gleichzeitig erinnert er sich an die
zwanzig Jahre im Büro. An die Insolvenz seines Arbeit-
gebers, an die zermürbende Zeit der Jobsuche. Sieben
Jahre sind vergangen, Jahre, die er bis heute mit Rasenmähen, Heckenschneiden, Treppenhaus putzen
verbringt. Zum Frustkübel alle Mieter, inklusive Hausverwaltung gekürt, lässt er zwischendurch die Probleme
abprallen. Ansonsten fressen sich die Nöte der Bewohner zu tief in sein Hirn.

Seine Kindheit und Jugend verging behütet, es fehlte ihm an nichts in einem Haushalt mit Kindermädchen.
Umso schwieriger ist es, diese Realität zu ertragen, dieses ungeschminkte Leben in einem Mietshaus. Wie oft
hat er sich die Ohren zugehalten vor den ungehobelten
Wortfetzen, die durch die Wohnungstüren nach draußen
drangen. Und dieser Tratsch im Treppenhaus, der ihn
oft genug in eine unfreiwillige Komplizenschaft verwickelt hat. Kaum möglich sich den Fragen der Polizei zu
entziehen, wenn das Streiten der Parteien eskalierte.
Sein Gewissen schwankt bei jedem Vergehen eines
Mieters zwischen Schweigen, Verrat und Vertuschung.

Das hektische Abstellen der Kaffeetasse lässt den
Löffel vom Teller springen. Der Italiener hat keine roten

Fingernägel. Quirin schaut auf, sieht in die Augen der Bosnierin und zeigt seine Freude: „Weder Regen noch Kälte habe ich mitgebracht, kein Trockenlegen ist nötig." Sagt er, lächelt.

„Tag der Herr, Ihren Espresso bitte, Sie hatten Apfelkuchen bestellt." Distanziert antwortet sie, wendet sich sofort vom Tisch ab und verschwindet, ohne ihren Schalk, ohne zu lachen, hinter der Theke.

„War ich zu direkt?" Ihr kühles Verhalten erinnert an Ömers Beschreibung beim letzten Treffen. Was ist passiert? Heute ist nicht unser Tag. Quirin verliert sich in einem neuen Kapitel seines E-Books:

Die Gesellschaft wird durch die Verbreitung von Fake news wie den alternativen Fakten verführt. Behaupten Sie, lieber Leser, dass die Wirtschaft, wie die Politik zur Ehrlichkeit, verpflichtet sind? Mit geschickt gewählten Formulierungen…

Quirin spioniert der Kellnerin nach, grübelt über das Gelesene: Wäre er in der Lage, Lügen sofort zu erkennen? Fakt ist, die Dürre zeigt ihm eine förmliche Distanz. Er schaut zu, wie sie mit den Gästen herumalbert, und dabei wird ihm klar: Die Freundlichkeit einer Kellnerin, die man subjektiv interpretiert, entspricht nicht der Wahrheit. Eine Nachricht von Ömer auf seinem Smartphone reißt ihn aus seinen Gedanken. Eine Viertelstunde später betritt dieser das Café, bestellt an der Theke und setzt sich zu Quirin. „Mein Freund, was ist los, wie war dein Tag?"

„Danke für die Nachfrage – Scheiße, und das ist noch geprahlt."

„Was ist passiert?", Ömer nimmt seine Worte bitterernst, seine Stirn runzelt sich.

„Die Bosnierin ignoriert mich, ich glaube, sie hat ein Verhältnis mit diesem Italiener, ihrem Chef, so geschäftstüchtig wie sie ist. Jeden anderen Gast umschmeichelt sie nur mich nicht."

Ömer lacht, beruhigt ihn: „Lass den Mädels Zeit. Du bist nicht mehr auf dem Laufenden. Wann hast du dich scheiden lassen? Ist das lange her?"

Quirin verzieht den Mund: „Ein paar Jahre, ich hab's vergessen." Er sucht Blickkontakt mit der Kellnerin, hebt die Hand … „Siehst du, sie reagiert nicht, ignoriert mich. Sie macht das mit Fleiß. Dabei hatte es vielversprechend mit uns angefangen."

„Na ja, mein Freund erwarte am zweiten Tag keine Wunder", lacht er.

Zehn Minuten vergehen, dann bringt sie Ömer seinen Kaffee, ohne Quirin anzusehen: „Haben Sie sonst Wünsche?"

„Eine zweite Tasse Kaffee bitte!" Quirin schiebt seine leere Tasse zu ihr an die Tischkante, ändert aber sofort seine Bestellung: „Lieber ein Glas Weißwein, bitte!"

„Wünschen Sie ein Glas Cortese di Gavi, der Herr?"

„Ja, bitte, dieser Tropfen ist lecker in meiner Erinnerung geblieben!", sagt er und strahlt sie an.

Kommentarlos verschwindet sie wieder hinter der Theke. Ömer schmunzelt: „Na, das hat sie nicht vergessen. Ist das nicht ein Pluspunkt?" Er holt seine E-Zigarette aus der Tasche, füllt eine rote Flüssigkeit in den Tank. Daraufhin saugt er am Mundstück und bläst einen süßlich aromatisch duftenden Rauch in die Luft.

„Warst du heute in der Fabrik?"

„Nein, morgen am Sonntag habe ich Spätschicht. Wie sind deine Chaoten drauf, treiben sie dich in den Wahnsinn?"

„Seit Mittag halte ich mich raus, wenn einer anruft, hat er Pech."

Die Kellnerin serviert den Wein, dazu eine Schale mit gesalzenen Nüssen.

„Oh, Danke, Gnädige, das ist aufmerksam von Ihnen", Quirin lächelt sie breit an.

„Wenn, dann Mira!", sagt sie kühl, „ich heiße Mira! Ich glaube, das klingt besser", sofort verschwindet sie an der Eistheke, um die Waffeln für die wartenden Kinder zu füllen.

Quirin schaut erst sie an, dann die Kleinen. Ohne den Blick abzuwenden, greift er nach dem Glas und trinkt.

„Na, den Namen hat sie dir verraten, ein zweiter Pluspunkt."

Quirin, antwortet nicht, scheint abwesend zu sein.

„Was geht in deinem Kopf vor?", fragt Ömer.

„Die Kinder erinnern mich an meine Tochter. Ich

habe sie lange nicht gesehen. Stell dir vor, Ömer, wie schwer es ist, wenn dein liebstes Kind dich ignoriert?"

„Mit Sicherheit steckt die Mutter dahinter, Quirin, dagegen kommst du nicht an."

„Ömer, ich entschuldige das Verhalten meiner Tochter, trotzdem es schmerzt. Nicht ich habe ihrer Mutter den Rücken gekehrt, sondern sie hat mich für einen anderen verlassen. Am Anfang kam die Kleine jedes Wochenende, dann jedes zweite, am Ende hatte sie angeblich keine Zeit mehr. Ich verstehe nicht, was los war?"

„Quirin, wenn du auf dem Kronleuchter getanzt hättest, hätte das nichts geändert."

„Dieser Verlust macht mich trübsinnig, Ömer."

Ömer wedelt mit einem Geldschein. „Quirin, du erinnerst mich an meine Tochter, ich gehe, ich habe versprochen, sie an der Universitätsbibliothek abzuholen. Bleibst du hier oder soll ich dich mitnehmen?"

„Ich bleibe, meinem Sofa zu Hause fehle ich nicht. Dort habe ich keine Ruhe, hier werde ich weiter dem Alkohol frönen."

Die Kellnerin serviert am Nebentisch.

„Bitte Mira, ein Glas Wein!", er reibt sich die Augen. „Wenn ich statt der Buchstaben eine Linie sehe, verschwinde ich."

Ömer klopft ihm auf die Schulter: „Okay! Mein Freund, bis später."

Mira schaut Quirin an, lässt den Wein fließen, doch

dann schiebt sie das volle Glas zur Seite. Der Dampf der Espressomaschine steigt auf, sie serviert ihm einen doppelten Schwarzen. Mira erntet einen verwirrten Blick aus seinen wässrigen Augen. Sie sieht ihn direkt an: „Alkohol macht alles noch schwerer, der Herr und Sie sind mit dem Auto gekommen."

„Mein Name ist Quirin, klingt besser, was meinen Sie? Woher wissen Sie, dass ich mit dem Auto unterwegs bin?"

„Ist das nicht Ihr Autoschlüssel auf dem Tisch?"

„Ja, Mira, Sie sind eine ausgezeichnete Beobachterin. Ich gebe Ihnen recht, wir lassen den Wein in der Flasche."

Sie setzt sich zu ihm, legt ihre Hand auf seinen Arm. Mit leiser Stimme sagt sie: „Quirin, warum so deprimiert, erst die fröhlichen Augen und jetzt? Was ist geschehen?"

„Ich habe das Gefühl, heute bei dir unerwünscht zu sein. Dieses Gefühl erinnert mich an die Zeit mit meiner Tochter. Immer wieder flackert ihre ablehnende Haltung in mir auf und versetzt mir einen Stich ins Herz."

„Ach, Quirin, das verstehe ich. Meine Zurückhaltung heute hat nichts mit dir zu tun, das sind Probleme, die aus Bosnien kommen. Sobald die gelöst sind, wird alles wieder entspannter. Du brauchst Geduld. Was ist mit dir, mit deiner Tochter? Ich schließe daraus, du bist geschieden?"

„Oh Mira, ich werde dich nicht damit langweilen.

Diese Geschichte ist Jahre her, die würde dich zu lange von der Arbeit abhalten. Schau, deine Gäste winken dir."

„Quirin, mein Dienst fängt sonntags um elf Uhr an. Was hältst du davon, wenn wir uns morgen früh gegen neun hier im Mare treffen? Hättest du Lust?"

„Gerne, Mira, morgen Vormittag, ich freue mich auf dich."

„Dann bis um neun – du hast recht, die Arbeit wartet."

Quirin vertieft sich in seine Lektüre. Er genießt die Vorstellung, mit seiner Dürren, zu frühstücken. Aus einem mühsam begonnenen Tag entwickelt sich im Handumdrehen ein Glückstag.

ZEHN

Jede Störung, egal, wer vor der Tür steht, verdrängt nicht die oberste Priorität, dass seinem Federbett gehört. Solange dieser Traum mit Mira andauert, hat der Rest der Welt Pause. Ungewollt öffnen sich die Augen, überfliegen den Wecker, der an ein Frühstück im Mare erinnert. Halb sieben, Zeit genug, um langsam aufzuwachen. Viermal schnarrt es an der Tür, viermal benötigt der Störenfried, um zu begreifen, dass heute Sonntag ist. Quirin steht auf, duscht, macht sich fertig für seine erste Verabredung seit Jahren. Seine Überlegung, ob mit dem Auto oder lieber mit dem Fahrrad hängt vom Wetter ab. Beim Blick aus dem Fenster, der blaue Himmel und die Sonne lassen ihn die sportliche Variante wählen. Wie gewohnt schleppt er das Fahrrad in den Hof, als ihn von hinten eine Frauenstimme aufhält: „Du Arschloch, du bist ein Riesenarschloch! Bleib stehen oder ich hau' dir eine in die Fresse."

Er wendet sich gegen die Aggression – es ist diese Pschawela, deren Oberlippe verschwunden scheint, dafür die Schneidezähne umso bedrohlicher sind. Sie faucht ihn an wie eine Schlange. Ihr Rock ist dreckig, dann die Strümpfe mit den Laufmaschen, deren Löcher ihre nackten Knie preisgeben. Diese Person strahlt pure

Anarchie aus. Je mehr sie schimpft, desto kreischender wird ihre Stimme.

Quirins Blick fällt auf ihre Schuhe. Warum trägt sie bei diesen sommerlichen Temperaturen Winterstiefel? Wieso hat sie vergessen, die Reißverschlüsse zu schließen. Unbequem, denn die Stiefelschäfte schleifen auf dem Boden und stören beim Laufen. Wieder schreit sie: „Du Arschloch, warum lässt du mich verhungern? Wo ist das Brot, die Eier? Du Scheißkerl hast versprochen, mir was zum Essen zu bringen."

Quirin ist fassungslos. Hat er was verpasst? „Ihr Anruf … Ihre Tochter hatte …"

„Wie die Getränke schleppen, wenn ich mich kaum bewegen kann? Daran denkst du nicht, du Arschloch."

„Ihre Tochter, sie versprach ..."

Sie lässt ihn nicht zu Wort kommen, brüllt wieder los: „Deine Zigaretten, steck sie dir in den Arsch. Komm mir nie wieder unter die Augen! Er lässt mich verhungern, Scheißkerl!"

Quirin sagt nichts, starrt in ihr Gesicht, sieht die Augenhöhlen, die Haut welk, ausgetrocknet. Dieses Wesen wankt vor ihm wie ein Halloween-Zombie, der sich in den Mai verirrt hat. Besorgt schaut er zu den Fenstern auf der Suche nach den dort üblichen, auf den Ellenbogen ruhenden Glotzaugen. Glück im Unglück, denn an diesem Sonntag schläft die Neugier. Ausdruckslos senkt Quirin den Kopf, starrt weiter auf ihre Schuhe, denn bei angriffslustigen Tieren sollte man es tunlichst vermeiden, ihnen in die Augen zu schauen. In der Hoffnung, dass es bei Zombies hilft, verharrt er regungslos und wartet ab. Und siehe da, ihre Schuhspitzen wenden sich von ihm ab. Schimpfend stolpert sie in den Keller.

Was für ein Glück, Quirin atmet auf, setzt sich aufs Rad, tritt kräftig in die Pedale, denn er drängt weg von dieser Chaotin. Das war Pschawela heute Morgen an der Wohnungstür, der Traum hat mich zum Glück vor ihrer unberechenbaren Aggressivität gerettet. Welcher Teufel reitet diese Person? Konsumiert sie Drogen? Er keucht heftig, treibt das Rad im Stehen an. Neun Uhr, dann ist alles vergessen, neun Uhr unser gemeinsames Frühstück, ab da gibt es meine Mira. Das versetzt ihn in Euphorie und umso kräftiger tritt er in die Pedale. Pünktlich vor dem Café Mare lockt ein freier Tisch unter einem Baum im Halbschatten.

Der Garten des Cafés im Universitätsviertel füllt sich mit Leben. Fiebrig schaut er sich um, sucht Mira. Nachdem der Bodensatz der Espressotasse getrocknet ist: Hat sie sich anders entschieden? Wenn ich nicht wüsste, dass sie hier um elf Uhr serviert, würde ich verschwinden. Sicher hat sie verschlafen, das kommt vor, wenn man bis spät in die Nacht arbeitet. Der Garten mit den Sonnenschirmen strahlt Gemütlichkeit aus. Beim Servieren entschuldigt sich der Wirt bei den Gästen für die Wartezeit, denn er ist ohne Bedienung.

Quirin stellt Überlegungen an: Das Klingeln heute

Morgen, war das Mira? Woher hat sie meine Adresse? Sicher hat sie sich bei ihrem Chef telefonisch abgemeldet und mich hat sie dabei vergessen. Ich verschwinde. Quirin steht auf, schiebt den Stuhl an den Tisch, erspürt ein gehetztes Atmen in seinem Nacken. Bevor er sich umdreht, zupft ihn jemand am Hemdsärmel. Es ist Mira, die sich mit hochrotem Gesicht entschuldigt, für ihr Zuspätkommen.

„Mein Gott, Mira, was ist passiert? Komm, setz dich!"

Beim Luftholen kommt sie langsam zur Ruhe. „Ich bin durcheinander, hatte keine Handynummer von dir. Ich hätte dich sofort angerufen. Heute Morgen war ein Telefonat mit Bosnien notwendig. Bitte entschuldige."

Er greift nach ihrer Hand: „Zuerst frühstücken wir. Wenn du dich beruhigt hast, erzähl mir, was vorgefallen ist." Sie nickt, Quirin steht auf und bestellt in der Cafeteria. Zurück am Tisch sorgt er sich um ihr Wohlergehen, versucht, sie abzulenken. Voller Ungeduld platzt sie mit ihrem Problem heraus: „Stell dir vor – vorgestern nach der Arbeit lag ein Brief vom Konsulat in meinem Briefkasten. Die verweigern mir einen neuen Pass, weil der Vorname meines Vaters nicht mit Eintragungen im Register übereinstimmt. Jemand hat sich vertippt. Stell dir das vor. Wegen so einer Schlamperei verliere ich meinen Aufenthaltstitel und meine Arbeitserlaubnis, eine Katastrophe.

Morgen fahre ich mit dem Bus nach Bosnien. Mir ist nicht klar, was mich erwartet? Vater ist lange tot. Hoffentlich haben alle Dokumente den letzten Krieg überstanden. Mutter hat gesagt, dass sie die Mappe mit den Dokumenten auf der Flucht bei sich hatte. Gestern habe ich in Bosnien niemanden erreicht. Heute Morgen ein neuer Versuch. Mutter war am Telefon. Sie erzählte sofort von ihren gesundheitlichen Problemen. Ich will sie auf keinen Fall mit der Vergangenheit belasten. Leider ist kostbare Zeit verstrichen, bis mein Bruder mit mir gesprochen hat. Mein Chef erahnt nichts." Quirin bemerkt eine Träne, die ihr über den Mundwinkel rollt. „Mach dir keine Sorgen wegen des falsch geschriebenen Vornamens. Ich bin sicher, man findet eine Lösung."

„Ich verstehe das nicht, ich habe vor Jahren einen Pass erhalten, da war der Name genauso falsch. Du denkst, dass diese Kellnerin einen Grund sucht, sich von dir fernzuhalten. Ich würde lieber mehr Zeit damit verbringen, dich besser kennenzulernen".

Der Tisch füllt sich mit allerlei Köstlichkeiten, beim Servieren sagt der Italiener: „Mira, du Arbeit, bitte sei pünktlich, heute haben wir viele Gäste."

Kurz wendet Quirin den Blick von ihr ab, bezahlt den Wirt, bevor er den ersten Schluck Cappuccino trinkt. „Wenn du meine Hilfe benötigst, mein Urlaub ist nicht aufgebraucht, ich begleite dich?"

„Das ist nett von dir, Quirin, lass uns abwarten. Wie lange diese Korrektur dauert, liegt in der Hand der Behörden. Wenn es nicht klappt, werde ich zumindest um eine befristete Aufenthaltserlaubnis bitten. Arbeiten werde ich dann sicher nicht. Positiv ist, dass ich mehr Zeit für dich habe."

Quirin lacht: „Egal, Mira, wie viele Tage du dafür benötigst, bleibst du in Bosnien, komme ich zu dir."

„Du spinnst, mein Lieber, warte erst ab. Solange ich zu Hause in Bosnien bin, treffen wir uns im Chat. Ich benötige deine Nummer. Wie spät ist es?"

„Gleich elf", er schiebt ihr sein Handy zu und sagt: „Schreib, damit wir sie nicht wieder vergessen."

„Wir hatten kaum Zeit miteinander – mein Chef wird sonst säuerlich. Es reicht, wenn ich ihm heute den Mist mit meinem Pass erzähle. Sobald ich von Urlaub spreche, jammert er, als würde die Welt untergehen."

Aus dem Gespräch heraus steht sie auf, reißt ihrem Chef beim Vorübergehen das Tablett aus der Hand, stellt die Tassen darauf und sagt: „Bitte sei nicht enttäuscht, warte auf mich". Sie küsst ihn auf die Wange und trägt das Geschirr zurück in die Cafeteria.

Einen Cappuccino lang beobachtet Quirin seine Mira bei der Arbeit: „Auf keinen Fall lasse ich es zu, dass unsere Beziehung durch einen Schreibfehler beendet wird."

E L F

Nach einer mehrstündigen Radtour ist Quirin wieder zu Hause. In höchstem Maße gewagt, meine angedachte Ehe, dennoch ist es die genialste Lösung. Was für ein Mensch ist sie? Gelingt es uns, dass wir im Alltag miteinander auskommen? Kopfschüttelnd schwört er bei seiner Mutter, keine übereilten Entscheidungen zu treffen. Nachdem der geschlossene Rollladen dem Fernseher die Hauptrolle überlässt, holt er Knabbereien aus der Küche. Das Hineinplumpsen ins Sofa bringt die Stahlfedern zum Ächzen. Beim Aufplatzen der Dose mit den Salznüssen lassen sich die mit Mira verbundenen Emotionen schwer unterdrücken. Sie versetzen ihn in einen Nachmittagstraum von gemeinsamen Ausflügen und Kuschelstunden.

Ein schriller Schrei lässt ihn zusammenzucken. Zuerst sieht er die Decke, die Möbel in einem blau-rot schillernden Licht. Merkwürdig sind neben dem Schrei die krächzenden Stimmen. Behutsam dreht er den Kopf, entdeckt Donald Duck im Fernsehen. Entspannung sieht anders aus. Sofort fällt er ins Grübeln, denn morgen steigt Mira in den Bus nach Bosnien. Eines stimmt ihn zuversichtlich: Es ist dieser Chat, in dem sie mit ihm in Kontakt bleiben will. Für ihn ist das Neuland, bisher hat er sich von derartigen Gemeinschaften ferngehalten. Wegen Mira drängt es ihn dorthin, wo zumindest ihr Foto auf ihn wartet.

Der kurze Ton seiner Türglocke entlockt ihm ein: „Nicht schon wieder", sofort kommt ihm Pschawela in den Sinn, obwohl sie derart dezent nie den Klingelknopf drücken würde. Bei dieser seltsamen Nachbarin, besser über den Flur schleichen, dabei hält man sich den Rückzug frei. Ein Blick durch den Türspion – er entdeckt ein ihm unbekanntes Männergesicht mit Schnurrbart, unter einem tief sitzenden Hut. Quirin öffnet. Der Fremde tritt einen Schritt zurück: „Grüße Sie, sind Sie Herr Quirin Saumweber?"

„So steht es auf dem Klingelschild. Was gibt es denn Wichtiges an einem Sonntagabend?"

Mit ausgestrecktem Arm hält er ihm einen Ausweis hin: „Kommissar Pfeffer! Ich störe ungern, hätte ein paar Fragen. Wenn Sie beschäftigt sind, sagen Sie es bitte und wir sehen uns morgen auf der Wache. Ich glaube, hier und heute lässt es sich entspannter plaudern. Die Fragen, die ich Ihnen stellen werde, sind dringlich. Nicht lange, und ich bin wieder weg."

„Kommen Sie herein, Herr Kommissar. Trinken Sie einen Rotwein mit mir, oder lieber einen Espresso, da Sie ja im Dienst sind?"

„Danke, Herr Saumweber, eine Tasse schadet nie." Quirin wirft die Espressomaschine an, da rechtfertigt sich der Kommissar: „Heute ist eine Ausnahme, denn alle offenen Fragen führen in diese Wohnanlage." Aus seiner Aktentasche holt er einen Heftordner, aus der Innentasche seines Jacketts ein Smartphone, das er vor sich auf den Tisch legt. „Wenn Sie erlauben, speichere ich unser Gespräch, das erspart mir das lästige Schreiben."

Quirin nickt überdeutlich.

„Danke für Ihr Verständnis, Herr Saumweber. Von keinem der Mieter haben wir bisher eine brauchbare Auskunft erhalten. Nur einige ältere Damen in diesem Haus meinen etwas gesehen, gehört zu haben. Unbrauchbar, das sind alles Windmacherinnen, aber keine handfesten Beweise. Entschuldigen Sie meine abwertende Bezeichnung. Eine der Mieterinnen soll die Tat sogar geahnt haben. Sie glaubte gehört zu haben, wie Sie, Herr Quirin Saumweber, mit einem der Paketboten einen heftigen Streit gehabt hätten".

Quirin stellt die Tasse ab, füllt sein Glas mit einem Roten aus der Pfalz, dabei schmunzelt er deutlich: „Ich kenne das Gejammer, sie sind selbst schuld, lassen Tag und Nacht die Haustür und die Kellertür offen. Ja, es stimmt, ich habe einem Fremden, deutlich gesagt, er solle gefälligst aus dem Keller verschwinden. Ich habe mich gewundert, warum er sich in der hintersten Ecke herumgetrieben hat. Leider ist in unserer Debatte mit jedem Satz die Lautstärke angestiegen."

„Man hat gehört, wie Sie, Herr Saumweber, den Eindringling angeschrien haben – ich zitiere aus meinen Aufzeichnungen: Wenn ich dich noch einmal in diesem

Keller sehe, so Gnade dir Gott, dann werfe ich den Maden vor, was von dir übrig ist."

„Na ja, das sagt man in der Aufregung, aber es hat geholfen, denn er ist sofort abgehauen. Später habe ich erfahren, dass es ein Paketbote war. Wenn er seinen Job macht, hat er hier im Keller nichts zu suchen".

„Wie alt war der Bote?"

„Ein Bursche, keine Ahnung, deswegen würde ich niemanden umbringen. Herr Kommissar, bitte, das wäre übertrieben und dieser Streit ist Wochen her."

„Dann kommen wir zu dem Vorfall, der nicht lange zurückliegt. Diese Blutlache im Wäschekeller erinnern Sie sich an unsere Spurensicherung, es war ein Montag, der 9. Mai 2016. Sie sagten den Beamten, dass Sie zur Tatzeit, am Freitag, dem 6. Mai, niemanden im Keller gesehen hätten. Ist Ihnen inzwischen Neues dazu eingefallen?"

„Na ja! Ich erinnere mich, wie die Mieterinnen geschimpft haben, weil ich, nach deren Meinung, schuld war, dass die Waschküche tagelang zu war. Dann war da noch ein Penner, der mich blöd anmachte".

„War es an jenem besagten Freitag?"

„Ja, Herr Kommissar. Ich kam um die Ecke des Wohnblocks und habe mit meinem Smartphone fotografiert. Die Hausverwaltung benötigte von jedem Strauch, der zu nahe an der Fassade gepflanzt ist, ein Foto. Ich bin komplett erschrocken, als dieser Penner direkt vor dem Kellerabgang herum torkelte".

„Was hatte er an, war es eine Uniform?"

„Eine schwarze Arbeitshose mit Taschen an den Beinen und eine gelb-schwarze Jacke, die ihm über die rechte Schulter hing. Er schrie mich an – Hau ab, sonst poliere ich dir die Fresse. Keine Ahnung, warum er auf mich losging. Schimpfend schleppte er sich vorwärts, blieb mehrmals an der Hauswand stehen. Ich vermutete ein Alkoholiker. Am nächsten Tag traf ich einen anderen Paketboten, der eine solche gelb-schwarze Uniform trug. Sofort erinnerte ich mich an den Betrunkenen."

„Wie sah die Person vor dem Keller aus? War sie jugendlich oder älter?"

„Er war untersetzt, kurze graue Haare, oben eine kahle Stelle."

„Da kommen wir der Sache näher. Es war kein Bote in rot-gelber Uniform."

„Nein, einen wie sie sagen, habe ich am Freitag nicht gesehen. Nur den mit der gelb-schwarzen Jacke. Herr Kommissar, ich bin an den Werktagen auf dem Gelände anzutreffen, aber es ist unmöglich, alles zu beobachten. Ich arbeite im Haus, an den verschiedensten Stellen. Es wäre von Vorteil, wenn meine Augen überall gleichzeitig wären. Vor allem dann, wenn die Bewohner heimlich Sperrmüll im Keller deponieren. Wenn ich die Mieter darüber befrage, ist es wie bei Ihnen, keiner hats gesehen, keiner hats gehört. Es sind ihre eigenen Fehler, die sie zum Schweigen zwingen."

„Erinnern Sie sich, Herr Saumweber, an eine Uhrzeit? Wann hat der Grauhaarige den Keller verlassen?"

„Direkt aus dem Keller? Ich bin mir nicht sicher. Er stand oben am Weg. Die Uhrzeit – ich hörte das Mittagsläuten der Kirche. An diesem Tag war der Bäcker mein Ziel, ich hatte Lust auf Kaffee und Kuchen. Wenn, dann plane ich um diese Zeit meine Pause."

„Jetzt zeige ich Ihnen, Herr Saumweber, ein Wäschestück, das wir in einem abgelegenen Teil des Kellers gefunden haben. Und einen Knopf, der im Blut gelegen hat." Pfeffer holt aus dem Heftordner zwei Fotos und legt sie Quirin neben dessen Weinglas: „Kennen Sie diese Stücke? Wenn ja, woher? Die Bilder sind in Originalgröße."

Quirin hält das erste Foto ins Licht und die Hitze in ihm explodiert. Vorsichtshalber zuckt er mit den Schultern, legt das Foto zurück auf den Tisch, verneint mehrmals eindringlich. In der Hoffnung, die aufsteigende Röte zu unterdrücken, denn er erinnert sich an diese filigranen schwarzen Spitzen. Vor allem an das Herzchen, das unter Pschawelas Bauchnabel hervorblitzte. Seine Schläfe pulsiert, da er bis über beide Ohren in einem Dilemma steckt: Ist es schlau, diesem Pfeffer zu erzählen, dass diese Pschawela mit ihrem weit geöffneten rosa Fetzen vor mir auf dem Bett lag? Dass ich sie dabei beobachtet habe, wie sie …? Nein, auf keinen Fall, dieser Ermittler würde falsch kombinieren, ich würde mich in eine peinliche, ja verdächtige Position bringen. Er würde vermuten, dass ich mit dieser … Quirin zuckt beherzt mit den Schultern, schürzt den Mund und sagt: „Herr Kommissar, unterstellen Sie mir, ich würde den Mieterinnen unter den Rock schauen?"

„Nein, Herr Saumweber, aber es ist möglich, dass Ihnen ein solches Wäschestück aufgefallen ist, zum Beispiel auf einer der Wäscheleinen im Hof."

„Von dieser Sorte gibt es Tausende, Herr Kommissar."

„Eben nicht, Herr Saumweber. Das ist ein teures Stück mit Swarovski-Kristallen. Die Wäscheabteilung des Kaufhauses in der Innenstadt hat in den letzten Monaten nur ein paar dieser Designerdessous verkauft. Da es ein hochpreisiges Eigenprodukt des Konzerns ist, sind die Kundinnen bekannt, weil sie mit Kreditkarten bezahlen. Vier Stück dieser Edelmarke hat man gestohlen, in dieser Machart, in verschiedenen Farben. Leider verschwand der Dieb unerkannt."

„Warum ist diese Unterhose so bedeutend?"

„Herr Saumweber, die Ermittlungen sind nicht abgeschlossen, in diesem Fall würde ich Täterwissen preisgeben. Was bitte fällt Ihnen zu dem zweiten Bild ein?"

„Ein ähnlicher Knopf, Herr Kommissar, lag im Aufzug. Ich habe keine Ahnung, wer ihn verloren hat." Quirin erinnert sich, trinkt schluckweise vom Wein: Jetzt bei der Wahrheit bleiben? Nein, diese Peinlichkeit mit Pschawela bleibt mein Geheimnis. Nach dem nächsten Schluck sagt er: „Herr Kommissar Pfeffer, ich werde in

Zukunft die Wäsche der Bewohner kontrollieren, wenn die Mieterinnen Anzeige erstatten – ich hoffe, Sie schützen mich vor diesen Hausdrachen".

„Keine Sorge, wenn ein solches Wäschestück auftaucht, fotografieren Sie es, beobachten Sie die Person dazu, wir werden der Sache nachgehen. Seien Sie versichert, niemand wird etwas gegen Sie unternehmen."

Vor Aufregung schüttet Quirin das Glas übervoll, beugt sich vor, nippt daran: „Habt ihr das Opfer gefunden?"

„Wir haben zwei männliche Blutspuren, wir haben zwei vermisste Lieferanten. Der Jüngere von beiden, da ist sich die Spurensicherung einig, hat eine Menge Blut verloren, ohne die Maßnahmen eines Notarztes hätte er es sicher nicht überlebt. Wir sind den beiden auf der Spur. Das Auto am Tatort gehört dem Alten. Das zweite Auto, das des jüngeren, fand man vor den Toren des Auslieferungslagers. Unmöglich ist es, mit dem Blutverlust Auto zu fahren. Ist Ihnen zufällig aufgefallen, wer mit einem der Lieferwagen weggefahren ist?"

„Nein, Herr Kommissar. Wünschen Sie noch eine Tasse?"

„Einen Kurzen bitte, es ist spät!", er zwirbelt mit Daumen und Zeigefinger an den Enden seines Schnurrbartes. „Ich glaube, meine Kollegen haben Sie gefragt: Wo Sie am Freitag, dem 6. Mai, zwischen 10 und 12 Uhr waren?"

„Da war ich oben bei der Familie Tomo Bačić und

habe den Rollladen repariert. Ein nettes altes Ehepaar, die sind für jede Hilfe dankbar. Anschließend bin ich zum Bäcker – Mittagspause".

„Sie haben von all dem nichts mitbekommen? Wo ist die Wohnung des Ehepaares?"

„Sie liegt im vierten Stock."

„Das ist über dieser Pschawela."

„Nein, die wohnt im dritten Stock links. Tomos Wohnung ist im vierten, in der Mitte."

„Kein Streit, kein Geschrei aus der Wohnung dieser Pschawela? Die Mieter sagen, das Haus sei extrem hellhörig."

„Ich habe leider nichts gehört, wegen des Fernsehers. Der alte Herr ist schwerhörig."

„Herr Quirin Saumweber, ich habe das Protokoll meiner Kollegen über die Vernehmung des Ehepaares Bačić und in dem steht: Sie haben die Wohnung verlassen, um Werkzeug zu holen. Erinnern Sie sich daran?"

„Stimmt, das war, Moment – ich habe um halb elf mit der Reparatur angefangen – es war kurz nach 10. Schau bei der Arbeit nicht ständig auf die Uhr. Ich bin aufs Dach gestiegen, hatte meine Werkzeugkiste an dem Morgen dort gelassen, als ich die Gullys gereinigt habe. Tomo hat verrostetes, abgenutztes altes Werkzeug, das ist für diese Arbeit nicht zu gebrauchen."

„Im Treppenhaus hat man nichts gehört, obwohl sich zwei zu Tode prügeln, unvorstellbar. Der Schraubendreher hier auf dem Foto, ist das zufällig Ihrer?", er schiebt ihm ein weiteres Bild zu.

„Nein, Herr Kommissar, der hat einen gesplitterten Holzgriff, ein altes Teil, damit arbeite ich nicht. Sehen Sie sich seine Spitze an, damit drehen sie keine Schraube rein oder raus. Jemand hatte es zu einem Vorstecher geschliffen. Ihre Kollegen haben mir das beim ersten Gespräch gezeigt. Ich habe das Gefühl, Sie zählen mich zu den Verdächtigen?"

„Herr Saumweber, Sie hatten ausreichend Zeit, den Keller aufzusuchen. Dort haben Sie den Paketboten wieder getroffen. Im Streit, im Affekt, töten Sie ihn. Ein Hausmeister kennt am besten, wo man einen Toten un-auffällig in einem Versorgungsschacht entsorgt. Gibt es einen inoffiziellen Schacht?"

„Herr Kommissar, das werde ich Ihnen nicht sagen. Zugegeben, Ihre Idee eröffnet mir Möglichkeiten für meine zukünftigen Morde." Quirin grinste breit, obwohl ihm bei diesem Verdacht flau im Magen wurde.

„Herr Saumweber, in welcher Beziehung stehen Sie zu dieser Pschawela?"

„Ich bin Hausmeister und helfe allen Mietern, sobald sie mich darum bitten."

„Haben Sie ihr geholfen?"

„Warum denn nicht? Eine Frage liegt mir auf der Zunge, Herr Kommissar, wenn ich der Täter bin, woher habe ich diese Unterhose? Ich besitze Derartiges nicht in meinem Kleiderschrank. Warum sind Sie sich sicher, dass es Freitag war?"

„Eine Mieterin hatte an diesem Tag Blut in der Waschküche entdeckt, sich darüber aufgeregt und nichts unternommen. Sie vermutete, dass es wieder der Türke aus der Parterrewohnung war. Der hatte vor einem halben Jahr direkt neben dem Gully sein Grillfleisch geschlachtet. Haben Sie davon was mitbekommen?"

„Nein!"

„Am Montag rief wieder diese Griechin aus dem 5. Stock an, sie ekelte sich vor dem Blut. Sie hatte Wäsche zu waschen. Dabei hat sie diese Auseinandersetzung zwischen Ihnen, Herr Saumweber, und dem Paketboten erwähnt. Sie vermutete, dass Schreckliches passiert sei. Eine Anzeige landete auf meinem Tisch, dass ein Paketwagen seit Freitag im Halteverbot steht. Diese Unterhose, Herr Saumweber, haben Sie die von der Wäscheleine gestohlen? Warum haben Sie als Hausmeister die Blutlache im Keller nicht entdeckt? Sie kontrollieren doch regelmäßig die Wohnanlage".

„Nicht jeden Tag die Waschküche. Wenn die Wäsche auf der Leine hängt, überblicke ich nicht den ganzen Raum. Ich bin donnerstags zum Putzen dort, ansonsten nutze ich ihn nicht, habe meine eigene Waschmaschine. Eines, Herr Kommissar, niemand hängt teure Wäsche auf die Leine, so oft wie hier gestohlen wird."

„Na, das war's! Herr Saumweber, es hat länger gedauert. Sie sehen, es gibt Fragen über Fragen, die alle hierherführen." Pfeffer erhebt sich aus dem Sessel, steckt die Fotos zwischen die Blätter seiner Unterlagen, lässt das Handy in der Jacke verschwinden: „Da fällt mir ein, die Kollegen von der Spurensicherung haben Ihre Fingerabdrücke vergessen. Kommen Sie bitte bei Gelegenheit auf der Wache vorbei. Endgültig überlasse ich Sie nun wieder Ihrem Fernseher. Danke für Ihre Hilfe und den Espresso. Einen erholsamen Sonntagabend."

„Und Ihnen, Herr Kommissar Pfeffer, ebenso einen erholsamen Feierabend."

„Einen Moment, Herr Saumweber! Falls Ihnen Zusätzliches einfällt, um Ihr Alibi zu stärken, hier ist meine Visitenkarte mit der Durchwahl. Bitte stehen Sie uns weiterhin zur Verfügung. Keine Ausflüge, sobald Sie es wagen, schreiben wir Sie sofort zur Fahndung aus."

„Wenn mir was einfällt, melde ich mich, versprochen", Quirin begleitet Pfeffer zur Haustür. Zurück auf dem Sofa trinkt er die Rotweinflasche in hastigen Zügen leer. „Alibi? Was für ein Alibi? Alles, was ich habe, ist ein beschissenes Gefühl." Er faselt auf die Weinflasche ein. „Warum ich – verstehst du? Wenn ich jemanden beschimpfe, dann funktionieren die Ohren der alten Hexe dort oben. Habe ihn zufällig an der Kehle erwischt, zugedrückt, das stimmt. Gebrüllt hat er nicht, hatte ja keine Luft bekommen."

Aus der Küche holt er eine zweite Flasche, öffnet sie und trinkt den Wein wie Leitungswasser. Schwerfällig plappert er weiter: „Wie oft habt ihr euch beschwert –

es sind Fremde im Keller, warum unternehmen Sie nichts? Jetzt habe ich etwas unternommen, jetzt verpfeift ihr mich. Undankbar, ja undankbar seid ihr alle." Quirin sucht nach Argumenten für seine Verteidigung, doch mit jedem weiteren Schluck schwindet seine Konzentration. Auf dem Sofa sitzend, umgeben von Weinflaschen, Gläsern, Tassen und verstreuten Salznüssen, schläft er ein.

Z W Ö L F

Schlafwandlerisch begibt sich Quirin ins Bad, kehrt ins Bett zurück und hofft, erneut in einen tiefen Schlaf zu fallen. Seine Unruhe lässt nur ein Dahindämmern zu, er ist gefangen in einem Wust von Gedanken.

Besser, Mira fährt nach Bosnien, weit fort von meinen Problemen. Wenn sich der Kommissar mit seinen Anschuldigungen durchsetzt, wäre es für sie unerträglich, mit einem Verbrecher zusammen zu sein. Habe ich nicht vor Jahren diesen Schraubendreher benutzt? Mein ganzes Werkzeug stammte von Tomo. Es hatte ewig gedauert, bis mir die Hausverwaltung neues Werkzeug bestellte. Gott sei Dank haben die Spurensucher bisher keine meiner Fingerabdrücke auf den alten Teilen gefunden. Quirin dreht sich zur Seite, atmet schwer: Benötige ich einen Anwalt, gestehe ich damit meine Schuld ein?

Bevor der Wecker klingelt, steht er auf, zieht den Bademantel an, macht Kaffee. In einer Stunde ist es sieben Uhr, die Mülltonnen raus an den Bordstein, denn montags kommt die Müllabfuhr pünktlich. Warum nur sind die beiden Paketboten verschwunden? In letzter Konsequenz hängt mir dieser Pfeffer einen Doppelmord an. Milch ergießt sich über eine Schüssel mit Getreideflocken. Und wenn mangels Alibi alles gegen mich spricht? Ohne belastende Beweise habe ich das Recht auf ein „In dubio pro reo" – im Zweifel für den Angeklagten. Dann diese Frage des Kommissars, in welcher Beziehung ich zu Pschawela stehe? Verdächtigt er mich, mit ihr krumme Sachen zu planen? Ihr fehlt hinten wie vorn das Geld, besitzt aber diese teure Unterwäsche mit Swarovski-Kristallen.

Bei ihrer extrem lockeren Art, sich Gegenstände unter den Nagel zu reißen, würde dieser Schlüpferdiebstahl in ihr Lebensbild passen. Der fünfte Knopf am Tatort, das Blut im Aufzug – ist es an der Zeit, dem Kommissar mein Geheimnis zu verraten? Im Handumdrehen wäre Pschawela eindeutig die Täterin und ich damit aus dem Schneider. Beim Schieben der Mülltonnen ein kurzer Blick zum Himmel – keine Wolke, zum Glück bleibt es trocken. Positiv gestimmt öffnet er den Geräteschuppen, greift zum Reisigbesen. Ein Schatten, ein rasselnder Atem hinter seinem Rücken lässt Quirin zusammenzucken. Er dreht sich um, macht einen Satz zurück, am Rasenmäher vorbei. Der rosa Bademantel mit seinem unberechenbaren Inhalt steht da wie die Metamorphose des Teufels. „Pschawela, verdammt, warum schleichen Sie sich an mich heran?"

„Entschuldige Quirin", sie schüttelte den Kopf und hustete trocken, „hast du es gelesen?"

„Was gelesen?" „Na, die Tageszeitung? Hast du? Verdammt, ich benötige Schutz!"

„Nein, habe ich nicht, ich bekomme keine Zeitung."

„Wieso denn, wenn man rechtzeitig aufsteht, stecken welche in den Briefkästen. Weißt du, ich bin fassungslos. Was ist, wenn er zurückkommt und mich umbringt, wie dieses arme Mädchen? Der ist verrückt, ich bin eine alleinstehende Frau. Ich bin hilflos, schutzlos gegenüber diesem Perversen."

„Wie wär's mit der Polizei, Gnädigste, schon probiert?"

„Wie denn, ich habe kein Telefon, bis meine Hilferufe ankommen, bin ich tot. Du bist meine einzige Rettung, Quirin."

„Vor wem haben Sie denn Angst?"

„Vor dem Paketboten, dem alten mit dem Bauch. Der war oft bei mir. Jetzt habe ich in der Zeitung gelesen, ich fasse es nicht, der hat eine Studentin, vergewaltigt und umgebracht. Hat sie in den See geworfen."

„Wenn dieser Mörder einsitzt, brauchen Sie keine Angst zu haben."

„Er ist nicht eingesperrt. Die Polizisten wissen nicht, dass er es war. Aber ich bin sicher, dass er es war. Verstehst du, hundertprozentig, Rainer ist der Mörder, er kennt mich, ich kenne seinen Fetisch, daher meine Angst."

„Warum sind Sie sich sicher?"

„Ich weiß nicht, wohin ich fliehen soll! Ich weiß nicht, bei wem ich unterkommen kann. Rainer ist unberechenbar, er ist absolut abartig, aber bitte sag es niemandem, versprich es mir. Was ich dir verrate, ist nur für uns beide."

„Ja, ich verspreche es!", er nickt, schnauft ungläubig und verdreht die Augen.

„Weißt du Quirin, wir hatten was miteinander, ein paar Mal, es war nicht übel, aber seltsam. Er hatte dieses Mädchen, er hatte ihr auch die Augen mit Klebeband zugeklebt, so, dass sie blind war. Er hat dieses abscheuliche silberne Band bei sich. In der Zeitung steht, dass der Mörder es bei ihr benutzt hat. Wenn er es wieder abnimmt, diese Qual, meine Augenbrauen sind weg, kein Härchen ist mehr da, nichts. Schau mich an", sie schiebt ihr Gesicht vor seins: „Schau hin!"

„Ja, ich sehe, es reicht, meine Augen funktionieren."

„Mein Gott, dass ich lebe, was für ein Wunder. Sobald ich seine Spielchen nicht mitmachte, war er unerträglich, ein Ekel. Das arme Geschöpf hatte keine Ahnung. Er hat mich geschlagen, ich hatte blaue Flecken, meine einzige Strumpfhose hat er mit seinem Segelmesser zerschnitten. Weißt du, an jenem Morgen hatte er mich am Oberschenkel erwischt. So extrem war er nie. Ich habe Angst! Scheiße, ich habe Angst!"

„Warum kommen Sie damit zu mir, am besten, Frau Pschawela, Sie melden das sofort der Polizei, erzählen denen, was Sie wissen."

„Nein, das ist unmöglich. Die halten mich für verrückt. Rufst du sie bitte an? In dem See, wo die Studentin gefunden wurde, schwimmt sein Segelboot, in diesem Boot habe ich übernachtet. Wenn ich daran denke, war das gefährlich."

„Okay, Frau Pschawela, die Telefonnummer des Kommissars ist bei mir gespeichert. Leider verdächtigt er mich, wegen der Sache im Keller, ich ruf ihn wegen Ihnen an."

„Du Quirin, dann haben wir ja was gemeinsam", sie lacht auf. „Du bist ein Mörder wie ich. Ich war mir so sicher, dass wir Seelenverwandte sind."

„Ich töte keine Menschen und ich halte nichts von diesen sogenannten Seelen. Der Anruf bei der Polizei ist versprochen, aber jetzt wartet meine Arbeit."

„Danke, sag bitte nicht, dass du es von mir erfahren hast. Hörst du!"

„Der Kommissar stellt mir mit Sicherheit die Fragen."

„Nicht von mir, Quirin!"

„Von wem dann?"

„Sag von der Passantin, die mit einer anderen vor dem Haus gesprochen hat, du kennst sie nicht. Sie haben von einem erzählt, der es gerne mit einem Klebeband – du weißt schon."

„Okay, ich rufe an, sobald ich Zeit habe."

„Und ich bleibe den ganzen Tag zu Hause, beruhige mich erst, wenn die Polizei ihn sucht."

„Habs kapiert, nach dem Gespräch mit ihm komme ich zu Ihnen." Quirin schaut der rosa Erscheinung hinterher, wie sie im Keller verschwindet, dann fegt er mit seinem Besen ums Haus, hinein in die neue Arbeitswoche.

„Guten Morgen, Frau Wölke!", ruft er einer Mieterin zu. „Ist der Reifen wieder mal platt?"

„Hallo Hausmeister! Die Uni wartet, ich bin spät dran. Das waren die Kinder aus reiner Langeweile."

„Brauchen Sie Hilfe?"

„Nein danke, Quirin, ich habe mittlerweile Routine darin. Ersatzventile wie die Luftpumpe gehören zum Inventar meiner Handtasche. Ich bin erleichtert, wenn sie mir nicht die Reifen aufschlitzen."

„Erfolgreichen Tag, Frau Wölke!" Quirin setzt sich auf die Parkbank, ruft die Polizei an und bleibt in der Warteschleife hängen. Es ist verrückt, immer wieder lasse ich mich vor ihren Karren spannen, obwohl mein Innerstes sich weigert, ihr Konstrukt nachzuvollziehen. Der erneute Anruf landet direkt bei Pfeffer. Wie nicht anders zu erwarten, ist der Kommissar erstaunt über die Geschichte und vor allem darüber, von wem diese Information stammt. Er versichert Quirin, dieser Pschawela nichts von seinem Verrat zu erzählen. Nachdem er das Gespräch mit Quirin beendet hat, ertönt ein Piepton. Das Display zeigt eine Nachricht an:

Lieber Quirin, ich wünsche dir einen stressfreien Wochenanfang, sitze im Bus nach Bosnien. Sei zuversichtlich. Ich denke an dich! Tausend Küsse von deiner Mira.

Ihr Profilbild strahlt solch Freude aus, dass er den Ärger um sich herum vergisst. Was für eine liebe Dürre – wenn sie wüsste, in welchen Schwierigkeiten ich stecke. Langsam tippt er: Ich wünsche dir eine erholsame Reise, ich bin in Gedanken bei dir. Mit der Sendetaste unterdrückt er seine wahren Gefühle in dieser angespannten Lage. In der Bäckerei stehen für ihn Kaffee und Brötchen bereit. Im Anschluss wechselt er eine Glühbirne im Keller, erst dann klingelt er bei dieser Pschawela.

Sie öffnet sofort. Mit hektischen Bewegungen winkt sie:

„Komm rein, lass die Schuhe an, komm in die Küche, schließ die Tür, sonst hört uns das ganze Haus."

„Quirin, setz dich! Komm!", drängt sie. „Na los, worauf wartest du? Hat die Polizei was unternommen?"

„Mariam Pschawela, die Beamten suchen sofort den ganzen See nach dem Boot mit diesem Rainer ab."

„Was hat er gesagt? Hat er ihn verhaftet?"

„Der Kommissar hat sich bedankt, das war's. Und Mariam, zuerst kommen das Suchen, dann das Finden und erst zum Schluss die Verhaftung."

„Okay! Ich bin beruhigt. Der bringt mich sonst um, ich weiß von seinen Spielchen, von seinem Klebeband. Weißt du, der kommt nicht mehr in meine Wohnung. Nein, ich benötige keine Mannsbilder, es ist besser ohne sie, das ist mir zu heftig." Sie setzt sich ans Fenster, die Hände im Schoß, den Blick gen Himmel gerichtet. „Ich benötige jemanden zum Anlehnen, dem ich vertrauen kann. Ich hoffe, dass mein Vater bald zu Besuch kommt. Er beschützt mich, er hat immer zu mir gehalten. Für kurze Zeit, Quirin, ist es eine Option, bei dir zu wohnen, das wäre die Lösung. Ich bin eine zartfühlende Person. Probier's aus, benötige kaum Platz neben dir … am besten gehe ich ins Kloster, da gibt es Meditationen. Das ist die reinste Therapie für meinen kaputten Kopf, denn da herrscht Chaos. Im Bad funktioniert die Lüftung wieder nicht".

„Na, Frau Pschawela, warum melden Sie das nicht der Hausverwaltung, die schicken ihre Handwerker, das kostet Sie keinen Cent. Anrufen, mit den Damen im Büro einen Termin vereinbaren."

„Zuerst benötige ich ein Handy. Ständig diese Suche nach einer Möglichkeit zu telefonieren. Meine Tochter organisiert das für mich, sie arbeitet in so einem Laden. Aber wenn ich in der Verwaltung anrufe, sind die mir gegenüber feindselig. Ich verstehe, warum. Weißt du, mir fehlt ein Teil der Miete. Kommst du abends vorbei, nur zum Reden? Ich bereite dir einen unvergesslichen Abend. Verkaufst du wieder Waschmünzen? Ich komme – erst später."

„Wie jeden Montag findet der Verkauf statt zwischen 17 und 18 Uhr, heute bin ich pünktlich außer Haus. Ich gehe ins Café Mare. Meine Freundin Mira arbeitet dort, sie erwartet mich." Er täuscht sie, damit diese Pschawela begreift, dass an ihr kein Interesse besteht.

Sie fängt wieder damit an: „Wir reden heute Abend, nach der Arbeit, wenn die Lust in dir aufsteigt", sie lacht dümmlich.

„Pschawela, ich treffe mich mit meiner Freundin, Kapieren Sie, was ich sage?"

„Du hast keine Freundin Quirin, nein, hast du nicht. Ich glaub's nicht!", sie grinst ihn an und sagt: „Ist dir aufgefallen, die Mieter unter mir, bei denen stinkt es aus der Wohnung. Furchtbar. Sobald ich das Fenster öffne, sofort bekomme ich diesen Gestank über die Fassade in mein Schlafzimmer. Keiner hört auf mich, alle sagen, ich bilde mir das ein. Wenn die Kerle schlafen, schnarchen sie. Ich habe das Gefühl, die liegen neben mir im Bett, unmöglich. Fremde in meinem Zimmer. Wie siehst du das, Quirin?"

„Mariam Pschawela, leider ruft die Arbeit. Keine Zeit zum Plaudern. Die Fenster im Treppenhaus, das Wetter ist ideal, um sie zu putzen."

„Wenn, dann gehe ich zum Arzt, ich benötige meine Medikamente, wir sehen uns heute Abend im Heizungskeller." Quirin steht auf und verlässt die Wohnung, verteilt Flugblätter der Hausverwaltung, besucht Mieter betreibt Schadensbegrenzung.

Kurz vor Feierabend bereitet er sich auf den Verkauf der Waschmarken vor. Das Positive daran ist, dass man ihm in dieser Stunde den ganzen Hausklatsch und die Beschwerden frisch auf den Tresen serviert.

Pünktlich stehen die Ersten vor ihm. Von Vermutungen über Lärmbelästigung bis zu hohen Ozonwerten im Haus sprudelt es wie aus einem Wasserhahn auf ihn ein. Über den Vorfall im Wäschekeller äußert sich niemand. Spricht man sie darauf an, antworten sie: Hausmeister, warum fragst du, du warst dabei ich nicht.

Als die Ersten vorbei sind, kommt diese Studentin Wölke aus dem vierten Stock mit einer seltsamen Frage: „Haben Sie von Tomo gehört? Das Ehepaar neben mir, die beiden alten, was ist mit denen passiert?"

„Frau Wölke, ich habe nichts gehört. Warum fragen Sie?"

„Die Polizei hat den Nachbarn am Samstagmittag verhaftet. Die Beamten hinderten mich daran, die Wohnung zu verlassen. Durch den Türspion habe ich gesehen, wie sie ihn abgeführt haben. Seine arme Frau, sie sind besorgte, liebe Nachbarn".

Kopfschüttelnd sagt Quirin: „Mittags war ich einkaufen, niemand hier im Haus erzählte darüber, außer Ihnen."

„Meine Güte, Herr Hausmeister, dieser alte Mann, so brutal, mit ihm umzugehen." Sie schaut auf ihr Smartphone, streicht ihre Jetons vom Tresen: „Entschuldigung, die Zeit wird knapp, schönen Abend."

„Ihnen auch, Frau Wölke!" Aber warum Tomo? Der Arme, herzkrank, und dieser Stress. Quirin versucht, mehr zu erfahren, aber keiner der nachfolgenden Mieter hat davon mitbekommen. Die Zeit ist um, das Geld gezählt, die Kasse weggeschlossen. Feierabend! Das

Klappern eines Gehstocks am Hintereingang verrät einen Nachzügler. Gebeugt kommt Tomo langsam um die Ecke.

„Tomo, Sie sind hier, was für eine Überraschung. Ihre Nachbarin hat Sie vermisst. Was habe ich gehört, Sie haben eine Bank überfallen?"

Quirin lacht und zwinkert mit einem Auge.

„Dann wüsste ich, wofür ich eingesperrt war. Sie wundern sich mein Lieber, aber ich werde des Mordes verdächtigt. Bei der Durchsuchung der Kellerabteile haben die Beamten in meinem Abteil eine bestens sortierte Werkzeugkiste gefunden. Sie beschlagnahmten alles, und die Spurensicherung stellte eine Übereinstimmung des Materials dieser Tatwaffe fest. Das Tatwerkzeug stammt aus der Produktserie, war aber lange nicht mehr in meinem Besitz. Sie sperrten mich das ganze Wochenende ein."

„Tomo, wir sind drei Verdächtige: diese Pschawela, ich und jetzt du. Warum Mord, sie haben keine Leiche, dafür zwei Vermisste. An der Blutlache im Keller hängen Vermutungen, das ist alles."

„Ja klar, und sie verdächtigen mich. Quirin, ich sage Ihnen, diese Beamtin ist dermaßen primitiv. Ihre Vorgehensweise, ehrlich, unprofessionell."

„Wieso das denn?"

„Na, sie hat behauptet, ich hätte dieses Werkzeug zum Töten benutzt."

„Warum war sie sich so sicher, Tomo?"

„Sie hat mir Unterlagen aus einem früheren Fall gezeigt: Da steht, dass ich des Mordes beschuldigt wurde. Sie sagt, diesmal haben sie Beweise, dass ich es war. Ich habe ihr gesagt, mein Buckel ist 83 Jahre alt, ich bin auf einem Auge blind, auf dem anderen sehe ich 25 Prozent. Sie kann mich am Arsch lecken, aber nur, wenn ich es erlaube, fügte ich hinzu. Da ist sie ausgerastet. Wenn ihr Kollege nicht dazwischengegangen wäre, hätte sie mich gefoltert."

„Warum wegen Mordes?"

„1984 ermordete man ein Jugo. Mutmaßlich hatte er Gelder aus meinem Land veruntreut und nach Deutschland verschoben. Keine Seltenheit, denn damals waren Geldwäsche, Betrug, Verschiebung von Staatsgeldern an der Tagesordnung. Das Opfer lebte hier in Bayern, ich wohnte nur ein paar Straßen weiter. Ich war unschuldig, besitze einen Brief vom Staatsanwalt, der das bestätigt. Diese deutschen Zivilfahnder sind in meine Wohnung gekommen, haben alles durchsucht, haben mich samt Computer mitgenommen. Zwei Tage lang sperrten sie mich im Keller eines Gerichtsgebäudes ein und verhörten mich rund um die Uhr. Alle paar Stunden wechselten die Beamten sich ab mit ihren Fragen. Ich hatte keine Zeit, mich zu erholen. Stellen Sie sich das vor. Hunderte Male haben sie mir die gleiche Frage gestellt. Genauso oft versicherte ich, dass ich der Falsche sei. Aber sie haben versucht, mich einzuschüchtern, mich unter Druck zu setzen, damit ich ein Geständnis unterschreibe.

Ein einziger Beamte war fair zu mir. Bevor er seine Zigarette am Kellerfenster rauchte, drehte er mir die Papiere zu, damit ich sie lese. Ich erkannte sofort die mir vertraute Schrift auf dem Deckblatt und den Absender. Nachdem der Beamte ausgeraucht hatte, klärte ich ihn auf. Buchstaben wie das X oder das T wiesen Fehler auf, ihnen fehlte der rechte obere Teil. Ich war mir sicher, dass der Brief vom Konsulat kam, obwohl ein anderer Absender darauf stand.

Dort habe ich viele Jahre an dieser Maschine gearbeitet. Später stellte sich heraus, dass einer meiner Kollegen ein jugoslawischer Spion war, der im Auftrag tötete. Dieser Kollege hat mir die Schuld in die Schuhe geschoben und alle haben sich auf mich konzentriert. So hatte er ausreichend Zeit, sich in seinem Heimatland zu verstecken. Die alte Regierung hat ihn nicht ausgeliefert. Man stelle sich vor, er arbeitet heute wie einst für den Staat."

„So ist das Tomo. Wenn man einem den Stempel des Kriminellen aufgedrückt hat, selbst wenn es ein Versehen war, ist es schwer, ihn wieder loszuwerden."

„Quirin, das habe ich am Wochenende erlebt, leider. Ich habe der Beamtin gesagt, dass dieses Werkzeug defekt ist, und es ist vor einem Jahr im Müll gelandet. Das Laufen fällt mir schwer, ich benötige einen Stock, diese Kuh hängt mir ein Gewaltverbrechen an. Warum passiert das mir? Diese blöde Kuh."

„Schrecklich, Tomo, siehst du, da kommt was auf uns zu. Kein Wunder, warum der Kommissar am Sonntag bei mir war."

„Quirin, entschuldige, meine Tabletten warten auf mich, bitte zehn von den Waschmarken und zehn von den Trockner-Marken, wir unterhalten uns ein andermal."

Stück für Stück steckt Tomo die Marken in ein rotes Portemonnaie mit blauen Marienkäfern. Freundschaftlich nickt er Quirin schweigend zu und verschwindet.

Tomo ist ein Mensch mit Lebenserfahrung. Die Krankheit in seinem Körper beherrscht sein Leben, doch sein Lebenswille ist ungebrochen. Ein Kämpfer vor allem für die Gerechtigkeit. Seine aktuelle Verhaftung ist ein Zeichen dafür, dass dieser Pfeffer im Dunkeln tappt.

DREIZEHN

Beim täglichen Rundgang fällt Quirin auf, dass der Briefkasten von dieser Pschawela mit Werbung überfüllt ist. Tage später liegen Briefe vom Stromversorger, der Hausverwaltung auf dem Boden, adressiert an ihre Adresse. Bepackt mit Putzutensilien und den Briefen, fährt er mit dem Aufzug in den dritten Stock. Dort auf ihrer alten rosa Fußmatte, keine Schuhe? Irritiert legt er die Post auf die Matte. Seit Tagen hat er sie nicht gesehen und diesen Kommissar Pfeffer auch nicht, mit seinen Vorwürfen, die er wie Ostereier verteilt, ohne Beweise. Die geplante Kaffeepause bei Tomo fällt aus – vom Ehepaar kein Lebenszeichen. Jedes Mal wenn sein Besen die Treppe hinunter klappert, streckt einer der beiden den Kopf aus der Wohnung. Selbst aufs Klingeln öffnet niemand. Was mich am meisten Kummer bereitet: Mira antwortet auf keine meiner Mails. Nach all den Turbulenzen der letzten Wochen fühle ich mich alleingelassen im trügerisch stillen Auge eines unkalkulierbaren Tornados.

Nachdem Quirin die Treppe geputzt hat, jätet er das Unkraut rund ums Haus. Die Stunden vergehen, sein Rücken schmerzt, umso mehr hört er auf die Mittagsglocke, auf seinen knurrenden Magen. Ohne eine Minute zu verlieren, legt er die Heckenschere in den Schuppen und spaziert zum Bäcker. Ein Becher Kaffee, eine Butterbrezel, das reicht für heute, sonst zwickt es beim Bücken. Nach einer Dreiviertelstunde schlendert er wieder zurück. Am liebsten würde er sich bei den milden Temperaturen ins Auto setzen und dieser Stadt entfliehen.

Bevor er die Straße in Richtung Hinterhof überquert, dröhnt Hundegebell in seinen Ohren. Der Lärm ist so heftig, dass seine Schritte automatisch zunehmen. Kaum ist er in der Einfahrt angekommen, sieht er das Ausmaß tobender Kreaturen. Ein Rudel von fünf Hunden, vier große, ein kleiner, wirbeln durcheinander und kläffen in die Tiefe eines Lichtschachtes. Der gehört zu einem eingeschossigen, fensterlosen Backsteinkubus mit Flachdach, der direkt auf der Grundstücksgrenze zum Nachbarn steht. Quirin schaut zu den Fenstern hinauf, entdeckt die Köpfe der Bewohner.

Mehrfaches Hupen treibt Quirin zur Seite. Ein Polizeiauto fährt direkt auf die Hunde zu. Die lassen sich vom Anblick der Staatsmacht weder schrecken noch vertreiben. Unbeirrt bellt die Meute weiter. Wäre Quirin nur Zuschauer und nicht Verantwortlicher, hätte es ihn amüsiert, wie umständlich die beiden Uniformierten versuchen, die Kläffer zu verscheuchen. Wenn es den Polizisten gelingt, die Meute um eine Ecke zu jagen, schleicht das kleinste Tier wieder zurück. Am Schacht angekommen, erwacht das Chaos von vorn. Hundebesitzer aus der Nachbarschaft eilen herbei, leinen zwei der größeren Tiere an und zerren sie bellend vom Platz. Die anderen drei Vierbeiner hecheln unverdrossen weiter. Inzwischen hat Quirin den Ort erreicht, an dem einer der Beamten zwischen mehrmaligem Luftholen brüllt: „Auf was warten Sie, welcher Hund gehört Ihnen? Bringen Sie ihn weg, sofort!"

„Ich kenne diese Tiere nicht, ich bin der Hausmeister von Nummer 9, was ist los?" Absichtlich schupst man ihn zum Lichtschacht hin. Hustend und würgend flüchtet er ein paar Meter zurück auf den Rasen, wo eine angenehmere Brise weht.

„Gehört dieses stinkende Gebäude zu Ihrer Anlage? Haben Sie den Schlüssel oder wissen Sie, wer ihn hat?", brüllt der Beamte, dem Widerhall des Hundegebells zwischen den Wohnblöcken entgegen.

„Dieses Gebäude ist eine Verteilerstation der Stadtwerke. Den Schlüssel habe ich nicht, den müssten Sie sich in deren Büro abholen."

Der Polizist begibt sich auf die Seite, greift nach seinem Handy. Nachdem ein Weidenstock die Autorität des Kollegen untermauert, geben die drei Hunde auf. Hechelnd, in sicherer Entfernung, legt sich das Trio auf den Rasen. Ruhe kehrt ein. Der prüfende Blick des Beamten mit dem Handy, dessen Taschenlampe in den Schacht leuchtet, ergibt keinen Hinweis. „Warum riecht es hier so penetrant?", fragt der Beamte. „Herr Hausmeister, ist Ihnen hier in letzter Zeit eine Geruchsbelästigung aufgefallen?"

„Nein, seit ich hier arbeite, ist es heute das erste Mal."

„Reinigen Sie diesen Schacht?"

„Nein, das Gitter habe ich nie angefasst, dafür sind die Stadtwerke zuständig. Von denen habe ich bisher im Jahr nur einen Arbeiter gesehen. Vermute eine tote Katze, es streunen genug herum."

„Das glaube ich nicht, dafür sind die Gitterstäbe des Schachtes zu eng. Aber es fehlt die Scheibe des Fensters, der Geruch kommt aus dem Gebäude. Kommen Sie, sehen Sie, ein Haufen Laub, sonst nichts."

„Nein, danke, schade um mein Mittagessen."

Nach einer halben Stunde erscheint ein Blaumann der Stadtwerke. Zusammen mit einem der Polizisten betreten sie das Gebäude. Quirin verlässt den Rasen, wartet bei den Hausbewohnern, die sich inzwischen vor dem Kellerabgang des Wohnhauses versammelt haben. „Quirin, was ist los? Hausmeister, hast du was Schreckliches gesehen? Quirin ist da jemand eingesperrt?"

Seinem Kopfschütteln folgt eine emotionslose Antwort: „Gesehen nichts, gerochen ja – es stinkt barbarisch", interessanterweise geben sich die vor Neugier platzenden Bewohner zufrieden.

Nacheinander kommt erst der Blaumann, dann der Polizist wieder heraus. Der erste bleibt stehen und übergibt sich hinter einer Hecke, der zweite, der Polizist, rennt weiter zum Einsatzwagen und telefoniert. Die Hunde sind inzwischen mit Seilen an einer Wäschestange festgebunden. Eilig sperren die beiden Beamten das Gelände weiträumig mit einem rot-weißen Plastikband mit der Aufschrift ‚Polizei' ab. Wieder droht der Holzstock den Hunden.

Quirin hätte genug Arbeit, aber seine Neugier hindert ihn daran, von hier zu verschwinden. Hinter seinem Rücken erzählen sich die Bewohner die abenteuerlichsten Geschichten von vergewaltigten Mädchen, von Drogensüchtigen, die sich den goldenen Schuss gesetzt haben sollen. Andere behaupten, ein Obdachloser sei dort unten gestorben.

Sofort verstummen die Gespräche, als zwei weitere Einsatzfahrzeuge auf das Gelände fahren. Aus einem Kleinbus steigen erst Beamtinnen, dann Beamte in weißen Overalls mit der Aufschrift Polizei aus. Nachdem sie sich blaue Gummihandschuhe übergestreift haben, gibt einer der Overalls Anweisungen. Zwei von ihnen untersuchen den Lichtschacht, nach Fingerabdrücken, Auffälligkeiten, und der Rest des Teams verschwindet mit mir im Gebäude. Einer mit voluminöser Ledertasche folgt. Jetzt hält ein schwarzer Kombi hinter dem Bus, das Blaulicht blinkt grundlos weiter. Kommissar Pfeffer steigt aus, betritt mit einem Kollegen die abgesperrte Wiese. Quirin wundert sich, denn solch Aufwand wegen einer toten Katze?

Alle um ihn herum verfolgen gebannt das Szenario. In den hintersten Reihen stellen sie wieder die wildesten Vermutungen an. Quirin bemüht sich, Ruhe auszustrahlen, indem er sich mit den Händen in den Hosentaschen an die Hauswand lehnt. Nach einer Weile kommt Kommissar Pfeffer wieder hinter dem Verteilergebäude hervor, überquert den Rasen, schaut in die Runde der Bewohner. „Kommen Sie bitte mit, Herr Quirin Saumweber, ich habe ein paar Fragen an Sie." Forsch marschiert Pfeffer voran. Im Kleinbus der Polizei steht ein Klapptisch zwischen einer Sitzbank und einem Einzelsitz. „Bitte setzen Sie sich!", fordert ihn der Kommissar auf, indem er auf die Bank deutet, bevor er sich ihm gegenübersetzt. „So, Herr Quirin Saumweber, wir haben einen der Vermissten gefunden. Nach ersten Angaben des Gerichtsmediziners hat diese männliche Leiche einen Stichkanal, der in die rechte Herzkammer führt. Genaueres wissen wir nach der Obduktion. Zu meiner ersten Frage, Herr Quirin Saumweber, verwenden Sie bei Ihrer Arbeit Stretchfolie?"

„Nein, so etwas habe ich nicht, was ist das?"

„Das ist eine dünne Folie, fünfzig Zentimeter breit, mit der man Versandpaletten einwickelt."

„Für meine Arbeit benötige ich einen Rasenmäher, Besen, Putzzeug, keine Folie – nein, wozu? Ich habe keinen Versandhandel."

„Ich weiß, dass Sie das nicht haben, aber dieser Körper ist komplett mit solch einer Folie eingepackt."

„Okay? Wenn sie eingewickelt ist, warum stinkt sie?"

„Dieses Paket wurde über den Boden geschleift, so,

dass die Rückseite beschädigt ist. Sauerstoff dringt ein, Fliegen legen ihre Eier ab, Maden entwickeln sich und beschleunigen den Verwesungsprozess. Das verursacht den Gestank. Trotz der fortgeschrittenen Verwesung stellen wir Ähnlichkeiten mit einem der vermissten Paketboten fest. Da die Leiche in unmittelbarer Nähe der von Ihnen betreuten Wohnanlage abgelegt wurde, meine zweite Frage: Was wissen Sie?".

„Herr Kommissar, hätte ich davon gewusst, hätte ich es Ihnen gesagt. Ich war zur fraglichen Tatzeit nicht im Keller. Keine Ahnung, ob ein Paketbote in unserem Haus war. Erinnern Sie sich, dieser grauhaarige Postbote, den ich im Hof gesehen habe. Hat er sich da unten versteckt? Ist an seiner Alkoholvergiftung gestorben?"

„Vermuten Sie, dass das Opfer der Ältere ist? Der Grauhaarige? Wie ist der ins Gebäude gekommen?"

„Kommissar, ich erinnere mich, es ist öfter vorgekommen, dass man vergessen hat, die Tür ins Schloss zu ziehen oder abzuschließen. Oder einer hat eine Karte in Höhe des Türschlosses hineingesteckt und damit die Falle zur Seite gedrückt, öffnen ist kein Problem. Penner entdeckte ich wiederholt am Gebäude".

„Sie haben diesen Alten für den Mörder der Studentin gehalten, aber der im Keller ist länger tot."

„Das mit der Studentin behauptet Mariam Pschawela, Herr Kommissar, nicht ich!"

„Hat Herr Saumweber bei seiner Arbeit Ungewohntes an dem Lichtschacht bemerkt? War das Gitter verrutscht, waren Schleifspuren im Gras?"

„Leider nein, Herr Kommissar, die Hecke daneben habe ich vor einem Monat geschnitten. Beim Rasenmähen gab es keine auffälligen Spuren, außerdem achte ich nicht darauf."

„Herr Quirin Saumweber, da Sie den Trick mit der Karte kennen, war es für Sie ein Leichtes, die Tür mit dem Schnappschloss zu öffnen. Sie haben den Toten ohne Mühe in dem Gebäude entsorgt."

Quirin zuckt mit den Schultern. „Ich war es nicht!"

„Dann sind Sie für heute entlassen, Herr Saumweber. Haben Sie in der Zwischenzeit jemanden beobachtet, der Wäsche aufgehängt hat, Sie wissen, was ich meine – diese Spitzenhöschen?"

„Nein, bisher hingen die weißen Schlüpfer einer alten Dame auf der Leine. Die passen von der Größe her nicht zu diesem Winzling auf ihrem Foto", Quirin lacht gequält.

„In Ordnung, wir sind fertig, Herr Hausmeister!"

Quirin steht auf, der Kommissar mustert ihn erneut: „Bin es leid, wieder damit anzufangen, aufgrund Ihrer Statur sind Sie mein Hauptverdächtiger. Sie hätten die Kraft, den Toten nachts vom Heizungskeller über die Treppe in den Hof und in den Schalterraum zu tragen."

Quirin steigt aus dem Wagen aus. „Herr Kommissar, ich war es nicht! Oder haben Sie Spuren von mir gefunden? Da Sie mich verdächtigen, wissen Sie Genaueres, wovon ich keine Ahnung habe."

„Herr Saumweber, das sind Vermutungen. Danke für Ihre kostbare Zeit, wir sehen uns."

Hoffentlich nicht, sagt Quirins innere Stimme. Für diesen Pfeffer hat er gerade noch ein Tschüss übrig. Auf dem Weg zu seiner Wohnung bombardieren ihn die Mieter wieder mit Fragen. Antworten bleiben aus, denn der Verdacht des Kommissars blockiert sein Denkvermögen. Dieser Schnüffler umkreist mich wie eine Wespe mit ausgefahrenem Stachel. Wann sticht er zu? Was verbirgt er?

Als er seine Wohnung betritt, ist es zu früh für den Feierabend, aber das ist ihm im Moment egal. Quirin lenkt sich im Internet mit Reiseberichten über Bosnien ab, mit all seinen Sehenswürdigkeiten.

Die Türklingel stört, wenn es am ungünstigsten ist. Draußen ist inzwischen die Straßenbeleuchtung angegangen. Das wiederholte Läuten in kurzen Abständen zwingt ihn, den Computer zu verlassen. Die Stehlampe im Wohnzimmer erhellt den Flur spärlich, umso achtsamer tappt er zur Tür. Ist es dieser Pfeffer? Beim Öffnen reibt er sich mit einer Hand die Augen, schiebt mit der Tür seine Schuhe beiseite. Da drückt ihn pure Gewalt gegen die Wand, eine Gestalt huscht hinter seinem Rücken vorbei. Adrenalin schießt durch Quirins Blut. Die Tür knallt ins Schloss. In der Küche brennt Licht, niemand ist da. Gegenüber im Wohnzimmer die Überraschung: „Meine Güte, Sie sind es, ich bin nicht auf Besuch eingestellt."

„Sag, Quirin, wen haben die Bullen da unten gefunden? Du hast mit dem Pfeffer gesprochen, oder? Für mich schwer zu sehen, weil es zu dämmrig ist. Einen haben sie auf der Bahre mitgenommen, das war zu erkennen."

„Wo waren Sie die letzten Tage, Pschawela?"

„Ich habe geschlafen, weißt du, schlafen ist gesund, meine Beine schmerzen, hauptsächlich das rechte Knie. Ich habe dich vom Fenster aus beobachtet. Du hättest gleich zu mir kommen sollen, denn ich bringe jeden auf andere Gedanken. Mein Bett hat reichlich Platz zum Ausruhen", kichert sie wie eine kindliche Hexe.

Quirin stellt zwei Gläser auf den Wohnzimmertisch, schenkt Mineralwasser ein. „Ich glaube, sie haben den Alten da unten gefunden. Tot! Er hat fürchterlich gestunken, mehr weiß ich nicht. Dieser Pfeffer verdächtigt wieder mich, warum macht er das, er hat keine Beweise."

„Warum den Alten gefunden, welchen Alten? Der da unten liegt, das ist nicht Rainer, der ist mit seinem Boot auf dem See. Er war mit der Kleinen beschäftigt. Der da unten, das ist Robert. Furchtbar, der Bursche, mein Sohn ist nicht jünger. Diese Bullen wissen nicht, warum suchen die nicht Rainer, was sind das für Arschlöcher. Scheiße, wenn der hier auftaucht, bin ich tot. Verstehst du das?" Sie zieht ihren rosa Bademantel aus, dessen Nähte an einigen Stellen aufgeplatzt sind. Aufgeregt knüllt sie ihn neben sich aufs Sofa und sagt mit melodiöser Stimme: „Bei dir ist es kuschelig, sparst du nie an der Heizung? Wenn du nichts dagegen hast, ich bleibe, bei dir. Da spare ich an meinen Kleidern." Sie lacht, hüpft auf dem Sofa herum wie ein Kind im Kindergarten. „Ich spare, aber es bringt nichts, sie ziehen mir das Plus von der Unterstützung wieder ab."

Quirin stöhnt, redet vor sich hin: „Erklärt mir jemand, warum dieser Pfeffer von meiner Schuld überzeugt ist? Ich verstehe das nicht. Ich war morgens mit dir auf dem Dach, im Anschluss bei Tomo Kaffee trinken. Das mit dem Dach habe ich dem Kommissar verschwiegen. Braucht keiner zu wissen."

„Ach, weißt du, dass mit dem Knast ist nicht tragisch, das hält man aus. Sag, es war Notwehr und dein Anwalt findet die richtigen Worte. Das Einzige, was dir fehlen wird, sind die Ladys. Weißt du was, leih mich aus, geniese bis sie dich holen", sie lacht wieder. „Ich verlange niedrige Leihgebühren. Du brauchst nicht zu sparen, Geld nützt dir im Knast ohnehin nichts. Du hast nichts gegen bissel Spaß, oder? Glaub mir, das wirst du dort vermissen." Wieder lacht sie, schiebt ihren Hintern nach vorn, das Hemd rutscht dabei über den Bauchnabel.

Quirin starrt sie an. Da sind sie wieder, die glitzernden Steinchen. Diebesgut, das durch ihre Strumpfhose schimmert. „Was macht dich so sicher, dass da drüben im Keller der Jüngere ist?"

„Was hast du, Quirin, vergiss den Toten, setz dich neben mich, komm – nein warte!" Sie springt auf, setzt sich auf seinen Schoß, legt einen Arm um seinen Hals und küsst ihn heftig mitten auf den Mund. „Das wird dir fehlen, nach einem Monat im Knast wirst du das vermissen und denkst nur an das eine", sie grinst, „vergiss nicht, das ist ein Männerknast. Aber wenn du lieber mit ihnen, zusammen bist, ist es für dich das Paradies."

„Moment, stopp", unterbricht er sie, „solch ein Quatsch", sagt er, schiebt sie von ihrem Schoß, steht auf, rennt ins Bad: Verdammt, was ist los mit mir? Warum lasse ich das zu? Sie ist sich sicher, dass der Kommissar recht hat. Schaut in den Spiegel, wischt sich den Mund ab. Zurück im Wohnzimmer: „Mit deinem Gerede rufst du den Teufel … wo ist der Beweis, dass das mein Schraubendreher ist? Solch ein altes Werkzeug habe ich lange nicht mehr benutzt?"

Sie hockt im Schneidersitz auf dem Sofa und antwortet farblos: „Der gehört mir!"

„Dir, warum denn das?"

„Na der, mit dem man keine Schrauben dreht, weder raus noch rein, der war vorn spitz, passend für meine Pakete. Der steckte in einem der Astlöcher im Kellerverschlag. Leider ist er verschwunden."

„Ach ja? Die Spurensicherung hat ihn. Warum haben sie nicht deine Fingerabdrücke auf dem Griff gefunden?"

„Ich ziehe Handschuhe an, wenn ich in den Keller gehe. Weißt du, die Kartons sind dreckig. Da unten ist alles dreckig. Jetzt bekomme ich keine Pakete mehr, ich habe kein Geld. Das Teil habe ich im Mülleimer neben dem Wäschetrockner gefunden. Scharf genug, um Pappe aufzuschlitzen. Lange ist das her, ach ja, wie die Zeit vergeht", sie lacht, „ich habe es nicht gestohlen, weißt du. Stehlen ist nicht in Ordnung, das sagt Rainer jedes Mal."

Quirin sinkt in den Sessel: „Warum lässt du diesen Rainer wiederholt in deine Wohnung, wenn er dich derart quält?"

„Oh ja, er hat mich gequält. Als Entschädigung hat er mir Geld dagelassen, ich brauchte es. Dafür hat er alles ruiniert, egal was ich an hatte. Schneiden war seine Leidenschaft. Letztens habe ich extra eine alte Strumpfhose angezogen", sie lacht. „Ich wollte verhindern, dass er mein Höschen, das mit den Steinchen, zerschneidet. Pech, er verlangte, dass ich es anziehe. Verdammt, es war neu. Hätte ich nicht gehorcht, wäre er ausgeflippt, hätte mich geschlagen. Dafür legte er einen Hunderter auf den Tisch. Nachdem meine Hände gefesselt und meine Augen zugeklebt waren, fing er mit seinem scharfen Segelmesser an. Leider schnitt er dabei nicht nur meine Unterhose auf, sondern meine Haut bis tief ins Fleisch. Erinnerst du dich?" Sie springt auf, zieht sich Strumpfhose und Schlüpfer von den Hüften.

„Mein Bettlaken war voller Blut, dieser Perverse hat mich aufgeschlitzt. Siehst du diese schreckliche Narbe."

Er starrt sie an, brummt: „Der tickt wirklich nicht richtig."

„Erinnerst du dich an diesen Freitag? Danke, dass du versucht hast, die Wunde zu verbinden. Das Arschloch hat mir mein Höschen gestohlen. Ein solch teures Stück wiederzubekommen, ist aufwendig." Ihre Miene verdüstert sich, zieht sie sich wieder an. „Am besten hätte ich ihn an jenem Freitag umgebracht, weißt du, solche Arschlöcher leben ewig."

Quirin steht auf, durchkreuzt das Wohnzimmer: „Entschuldige Mariam, ich benötige Ruhe zum Nachdenken. Für mich ist es schwierig, denn die Mordverdächtigungen der Polizei, das ist alles zu anstrengend, das macht mich müde. Wir sehen uns ein andermal, geh bitte".

„Du schickst mich fort? Obwohl ich dir meine Zuneigung schenke, meinen Körper anbiete? Ich verstehe, du bist schwul? Mich hat nie jemand von der Bettkante gestoßen. Ich gebe dir die Chance, auf andere Gedanken zu kommen – und du schmeißt mich raus? Deine Zurückhaltung mir gegenüber ist ein Zeichen, dass du schwul bist, gib es zu!"

„Nein! Verdammt, nein!"

„Ja, ja, es sind die Falschen, die im Knast landen. Das ist ungerecht, aber so ist das Leben."

„Warum, wer ist denn deiner Meinung nach der Richtige?", fragt Quirin und wartet vergeblich auf eine Antwort.

„Oje, wenn du im Knast derart dreinschaust, die Gefangenen fliegen auf gefühlvolle Mannsbilder. Das spüre ich", sagt sie, lächelt dümmlich, schlüpft in ihren rosa Fetzen, bindet den Gürtel zweimal und verlässt seine Wohnung, ohne sich zu verabschieden.

VIERZEHN

Fassungslos bleibt Quirin in seinem Sessel sitzen. Würde man in diesem Moment unter seine Schädeldecke krabbeln, stünde man inmitten umgestürzter Regale. Ein Stöhnen untermalt seine wirren Gedanken: Wer würde sich freiwillig in diesen Schlamassel hineinziehen lassen, um mir ein handfestes Alibi zu geben? Von niemandem würde ich das verlangen, der mir nahesteht. In diesem Moment erspürt er den Geschmack der Einsamkeit, erspürt seine Hilflosigkeit angesichts der sich verändernden Ereignisse. Er ist bemüht, in seinem Kopf eine Struktur zu bilden, dass ihm nicht gelingt. Deshalb bringt er in seiner Verzweiflung die Wohnung in Ordnung.

Sein Rücken quält ihn, ohne genaue Vorstellung verlässt er schwerfällig seinen Stuhl. Sortiert den Inhalt der Schuhkartons mit den darin aufbewahrten Dokumenten, Quittungen, Notizen. Er legt sie in die dafür vorgesehenen Ablagefächer. Zum Abschluss dieser Aktion ergießt sich Wasser aus dem Duschkopf über seinen Körper, in der Hoffnung, dass alle Probleme dort unten im Abfluss verschwinden. Im Trainingsanzug setzt er sich aufs Sofa und tippt mit zittriger Hand auf seinem Smartphone herum. Sein erneuter Versuch ist wie ein stummer Aufschrei, ein Fingerzeig in Richtung Mira.

Alkohol meidet er, gießt stattdessen Mineralwasser in sein Weinglas, zappt durch die Kanäle seines Fernsehers. Quirin öffnet das Fenster, beobachtet, wie die Regentropfen auf die Garagendächer, auf den Asphalt prasseln. Mit seinem Smartphone macht er sich wieder auf die Suche nach einem winzigen Zeichen aus Bosnien. Das flackernde Licht des Fernsehers legt sich wie ein Schleier über das Wohnzimmer. Ungewollt wird ein Sinfonieorchester zur Folter, mit seinen Pauken, den Kontrabässen im Einklang mit den quälenden Vorwürfen, die sein Hirn in Beschlag nehmen. Einzig die Tatsache, dass der Schraubendreher, der Knopf, wie die mit Swarovski verzierten Batist-Spitzen zu dieser Pschawela gehören, das gibt ihm einen Funken Hoffnung. Das zu wissen, ist sein Joker im Mordprozess. Trotz allem lassen ihn die Anschuldigungen des Kommissars nicht schlafen. Ist es die Amnesie, die das Zeitfenster eines Mordes verdrängt, in den er verwickelt zu sein scheint? Er hatte in der Nacht vor dem Verbrechen getrunken und war mehrmals weggetreten. Einen Mord begehen, ohne davon mitzubekommen?

Ein neuer Morgen – Quirin rafft sich auf, wandert ins Bad, erhofft sich von seinem Spiegelbild Erfreuliches. Seine glasigen, rot unterlaufenen Augen betteln um Erfrischung. Ein paarmal schaufelt er sich mit den Handflächen das sprudelnde Wasser übers Gesicht. Jemanden umbringen, nein, ich schrecke nicht vor Gewalt zurück, wenn man mich bedroht, aber ich bin kein

Mörder. Hatte ihn nur an der Kehle gepackt, zugedrückt. Scheiße, ich habe nicht zugestochen! Er ist von mir weggelaufen, da hat er noch gelebt.

Regenwolken hängen am Himmel, dazwischen lugt die Sonne hervor. Das bestärkt ihn in seinem Vorhaben, heute freizunehmen. Sein Terminkalender zeigt für diesen Freitag, den 27. Mai, keinen Eintrag, daher ist es die Gelegenheit, Überstunden abzubauen. Ein Anruf bei der Hausverwaltung genügt, und er schleppt das Rennrad in den Hof, die Hände am Lenker, der Atem stockt. Eine Gruppe von Fremden kommt ihm entgegen.

„Hallo, Sie mit dem Fahrrad, entschuldigen Sie, wissen Sie zufällig, wo hier der Hausmeister wohnt?"

Zivilbeamte, so sehen die aus. „Warum fragen Sie? Der Hauseingang ist auf der anderen Seite der Wohnanlage."

Aus der hintersten Reihe ruft eine dünne Stimme: „Wissen Sie, wer hier zuständig ist?"

Bei dem Durcheinander an Fragen, das folgt, ist ihm klar, dass das keine Beamten sind, sondern Lokalreporter. Quirin winkt ab, weigert sich, Antworten zu geben. Er schwingt sich wieder in den Sattel, rollt ein paar Meter vorwärts.

„Sind Sie der Hausmeister?", ruft einer in der ersten Reihe. „Ich habe sie mit dem Kommissar fotografiert. Bleiben Sie stehen!", stimmen die anderen im Chor ein. Sofort kreuzen sich ihre Fragen, die einen brüllen den anderen über ihre Münder: „Stimmt es, dass Sie Kontakt mit dem Toten hatten? Sind Sie ein Fetischist? Hatten Sie ein Verhältnis mit dem Toten?"

„Ruhe! Das ist alles Quatsch", brüllt Quirin in die plappernde Meute. „Wenn Sie fragen, bitte, einer nach dem anderen. Ist das angekommen? Das ist alles Quatsch, was ihr da von euch gebt. Wie kommt ihr auf solch einen Blödsinn, ich arbeite hier, sonst nichts. Bei derartigen Verleumdungen hetze ich meinen Anwalt auf eure Redaktionen. Verdammt lasst mich in Ruhe!" Quirin ist um mindestens einen Kopf über deren Scheiteln, so ist es ihm ein Leichtes, den Haufen energisch beiseitezuschieben. Trotz ihrer Rufe tritt er in die Pedale. Verächtlich spuckt er zur Seite: „Wenn diese Hyänen erwacht sind, helfen keine beruhigenden Worte mehr, einzig die Androhung von Gewalt."

Er fährt zügig in Richtung Stadtwald, als sich sein Smartphone meldet und ihn fast vom Rad wirft. Diese Stimme – traue ich meinen Ohren? Es ist Mira. Er stellt das Rad ab, saugt mit geschlossenen Augen ihre Sätze voller Wiedersehensfreude in sich auf. Worte von Fehlern der Behörden, von langen Wegen, von Verbindungsproblemen. Quirin hört zu, wartet auf ihre erste Atempause, um dann seinen Gefühlen freien Lauf zu lassen. Doch ihre Fröhlichkeit, ihre Ausgelassenheit haben kein Ende. Mehrmals wiederholt sie ihren Entschluss, in zehn Tagen wieder in Deutschland zu sein. Kein Zweifel, bei ihr ist alles in Ordnung, aus diesem Grund verliert er kein Wort über seine momentanen

Probleme.

Zwei Wochen bleiben ihm, genug Zeit, um sein Chaos zu lösen. Nachdem sie aufgelegt hat, lehnt er sich eine Weile an einen Alleebaum, badet in einem See voller Vorfreude. Leider nicht lange, denn das Unheil schwebt weiter über ihm, mit all seinen Verdächtigungen. In seiner Welt versunken, schlendert er neben seinem Fahrrad her, als unversehens ein Auto auf dem Grünstreifen hält. Der Fahrer springt aus dem Wagen, rennt los und bleibt direkt vor Quirins Vorderrad stehen.

Couragiert greift dieser dem Lenker zwischen die Hörner. Der Hausmeister stemmt sich dagegen, kampfbereit: „Entschuldigen Sie bitte! Herr Saumweber? Bleiben Sie bitte stehen!" Quirin drückt zu. „Hören Sie mir einen Moment zu. Es ist notwendig. Ich bin gefolgt, um zu helfen. Wir stellen Ihnen einen Anwalt zur Seite. Um Sie herum gibt es Menschen mit unlauteren Absichten. Wir sind für Sie da, Herr Saumweber. Unsere Anwälte sind erfahren in diesen speziellen Angelegenheiten."

„Wozu einen Anwalt, wenn ich unschuldig bin?", entgegnet Quirin.

„Nach einer Verhaftung, Herr Saumweber, ist Eile geboten. Sie stehen unter Schock und sind bereit, gegenüber Polizei und Staatsanwaltschaft auszusagen. Wenn Sie nicht aufpassen, legen Ihnen die Ermittler unbemerkt Antworten in den Mund. Später bereuen Sie jede unbedachte Äußerung. Unsere langjährige Erfahrung zeigt, wie falsch formulierte Details die Weichen für das Strafverfahren stellen können. Wir raten, rechtzeitig einen Anwalt zu konsultieren."

Quirin holt Luft, bedankt sich für diese Aufklärung, fragt, wer diese Menschen sind, mit diesen perfiden Absichten?

„Im Moment ist es eine Person, Herr Saumweber, sie wohnt ein paar Stockwerke über Ihnen. Ich glaube, diese Mieterin würde ihre Seele dem Teufel verkaufen, solange sie dafür Geld erhält. Wenn sie ihre Glaubwürdigkeit weiter mit verlogenen Äußerungen vergiftet, Herr Saumweber, wird es für uns schwer, dagegen anzukämpfen."

„Ist es diese Pschawela?"

„Es ist nicht üblich, meine Informantin preiszugeben. Wegen der Aussage dieser Mieterin wäre eine Richtigstellung relevant. Ich glaube, dass diese Mieterin Probleme hat, denn ich kenne solch Klientel. Die wissen nicht, was man mit falschen Äußerungen alles anstellen kann, speziell in Ihrem Fall."

„Welche Äußerungen?"

„Sie hat mir gesagt, dass Ihre Tage in Freiheit gezählt sind, Herr Hausmeister. Ihr Streit mit dem Opfer hat keine entlastenden Beweise. Das Schlimmste an dieser Geschichte ist Ihre homosexuelle Neigung. Denn dieser Umstand wird Ihnen als Tatmotiv ausgelegt, es wird Ihnen das Genick brechen."

Quirin schnauft, richtet sich auf, starrt sein Gegenüber mit aufgerissenen Augen an, holt Luft, um loszubrüllen.

Der Fremde fällt ihm ins Wort: „Sie haben es gehört, diese Mieterin behauptet, Sie seien dem eigenen Geschlecht zugeneigt. Sie haben diesen Boten aus reiner Eifersucht getötet", er zieht einen Notizblock aus seiner Jackentasche. „Hier bitte der genaue Wortlaut dieser Person: Quirin hat den Paketboten Robert umgebracht, weil er ihn verschmäht hat, weil Robert nicht auf Männer steht, sondern mich liebt. Stimmt diese Behauptung, sind Sie homosexuell?"

„Eine Unverschämtheit, das ist eine Lüge", seine Stimme bebt, „warum – solch einen Blödsinn, was bildet die sich ein? Bitte registrieren Sie, ich habe nichts gegen Homosexuelle, diese Behauptung ist absurd. Ich kenne keinen Robert. Sie lenkt von sich ab, von ihren eigenen Verstrickungen."

„Ich habe es Ihnen gesagt, Herr Saumweber, diese Spezies Mensch ist gefährlich."

„Okay! Wenn dieses Weib das Fass zum Überlaufen bringt, dann bin ich bereit. Kommen Sie heute Abend zu mir in die Wohnung, und ich erzähle Ihnen alles".

„Herr Saumweber, Ihre Entscheidung ist die richtige, bis heute Spätnachmittag 16 Uhr, ist das in Ordnung?"

„Ich erwarte Sie, wie war Ihr Name?"

„Steiner, Alex Steiner, hier ist meine Visitenkarte."

„Danke! Sie kennen das Haus, Eingang, Parterre

links!" Quirin schwingt sich aufs Rad, tritt in die Pedale, als wäre die ganze Stadt hinter ihm her. Skandierend treibt er sich gegen den Wind voran: „Hurenkopf, Hurenkopf, ich schlag' ihn ab, mit samt dem Schopf." Je größer die Wut, desto fester krallen sich seine Hände um den Lenker. In seiner Vorstellung wird der Lenker zum Hals, den er nicht mehr loslässt. Warum habe ich in der Küche gezögert? Warum habe ich ihr nicht den Hurenkopf vom Hals gerissen, das hätte mir diesen Ärger erspart.

Ohne Pause durchquert er den Wald, folgt dem Fluss. Tropfen für Tropfen schwitzt er sich die Wut aus dem Leib, bis zum Nachmittag. Erschöpft von der Fahrt verstaut er sein Rad im Keller, freut sich auf die Dusche.

Quirin ist bereit, alles loszulassen, was er bisher aus Scham zurückgehalten hat. Ich werde keine Rücksicht auf dieses Weib nehmen, ich werde auspacken. Er schlägt mit der Faust auf den Tisch. In diesem Moment klingelt es.

„Hallo Herr Saumweber, hier bin ich, sind Sie bereit?"

„Hallo Herr Steiner! Kommen sie ins Wohnzimmer, setzen Sie sich – Kaffee, Wasser, Wein?"

„Nein danke! Erlauben Sie mir, dass ich unser Gespräch aufnehme, reine Bequemlichkeit", er lacht und hält ihm ein abgenutztes Diktiergerät unter die Nase.

„Kein Problem, Sie erfahren von mir Vorgänge, die bisher der Polizei nicht zu Ohren gekommen sind."

„Okay, Herr Saumweber. Bitte geben Sie Ihr Wissen sofort an die Beamten weiter, sonst kommen Sie mit dem Gesetz in Konflikt. Das zu vermeiden, ist unser Ziel. Wir helfen Ihnen und stürzen Sie nicht tiefer ins Unglück."

„Das ist beruhigend, sagen Sie mir bitte zuerst, warum mir Ihre Zeitung helfen wird? Von den Tageszeitungen ist man meist das Gegenteil gewohnt."

„Meinem Verlag ist es an einer objektiven Berichterstattung gelegen. Schuld oder Unschuld spielen dabei keine Rolle. Wir verfolgen die Prozesse, hauptsächlich den Umgang mit den Verdächtigen. Wir haben Ungereimtheiten im Vorfeld vergangener Ermittlungen aufgedeckt. Ohne uns wäre manches Verfahren in eine falsche Richtung abgebogen. Unsere Leserinnen und Leser schätzen den investigativen Einsatz für die Gerechtigkeit".

„Ich hoffe auf eure Hilfe, Herr Steiner. Es sieht so aus, als hätte der Kommissar sein Urteil gefällt."

„Sehen Sie, es ist höchste Zeit."

Quirin legt los. Erzählt in allen Einzelheiten, von der Begegnung mit dieser Pschawela auf dem Dach. Bis zu den anstößigen Details im Schlafzimmer.

Das Band des Diktiergerätes ist nahezu voll, der Reporter schüttelt den Kopf. „Weiß Ihr Anwalt davon?"

„Ich habe keinen", antwortet er. „Ich habe bei meiner Scheidung einen gebraucht, sonst nicht."

„Wir kümmern uns darum, keine Sorge. Bitte melden Sie der Polizei sofort diese Details, die Sie denen vorenthalten haben. Rufen Sie mich an, sobald der Kommissar bei Ihnen war, ich benachrichtige in der Zwischenzeit unsere Anwaltskanzlei." Nach knapp einer Stunde verlässt Herr Steiner die Wohnung.

Zurück im Wohnzimmer ruft Quirin bei der Bundespolizei an, fragt nach dem Kommissar, der längst ins Wochenende abgetaucht ist. Die Telefonzentrale verspricht, einen Ersatz zu schicken. Es dauert nicht lange, bis der versprochene Beamte vor seiner Wohnung steht. Der lässt Quirins Gesichtszüge entgleisen, denn es ist eine Kommissarin Bechtel in Begleitung eines Polizisten. Die Tatsache, dass er diese pikanten Passagen einer Beamtin mitteilen muss, schüchtert ihn ein. Sofort erinnert er sich an das Verhör von Tomo. War da nicht eine Beamtin, mit der nicht zu spaßen ist?

Mühsam stolpern ihm die Worte über die Lippen, er starrt die Beamtin an, sucht nach Positivem in ihrem Gesichtsausdruck. Emotionslos füllt sie Punkt für Punkt ihr Notizbuch mit flinken Kurzschriftzeichen. Sie ist wie ein lebendig gewordenes Diktiergerät. Quirin redet um den heißen Brei herum, lässt Peinliches aus, um es dann entschuldigend nachzuschieben. Sie würdigt ihn keines Blickes, stellt keine Fragen, sondern wartet, bis er mit seiner Geschichte fortfährt. Nach der dritten vollgeschriebenen Seite spricht sie ihm Mut zu. „Bitte, Sie sind der Polizei bisher nicht aufgefallen, Sie sind ein unbeschriebenes Blatt. Sagen Sie mit klaren Worten, was Sie aus Scham lieber verschweigen".

Sie hat gut reden, denn alles, was er diesem Journalisten vorher in knapp 30 Minuten erzählt hat, dauert jetzt mehr als doppelt so lange.

Am Ende seines Vortrags herrscht minutenlanges Schweigen. Sie legt ihre Notizen beiseite, schaut ihn an: „Herr Saumweber, Danke, dass Sie den Mut gefunden haben, uns das mitzuteilen. Ihre Hinweise sind angebracht, denn mit den neuen Details treiben wir die Ermittlungen voran. Wir setzen uns mit dem Journalisten in Verbindung und teilen ihm mit, dass eine Veröffentlichung zum jetzigen Zeitpunkt aufgrund der laufenden Ermittlungen nicht erwünscht ist".

„Kommissarin Bechtel, was passiert mit mir?"

„Herr Saumweber, mit Ihnen wird nichts geschehen, aber bitte stehen Sie uns zur Verfügung. Entschuldigen Sie, ohne stichhaltige Beweise sind wir gezwungen, jeden, auch wenn es absurd ist, als verdächtig einzustufen. Wenn diese Pschawela weiterhin die Presse mit Unwahrheiten füttert, schreiten wir logischerweise sofort ein. Mein Kollege, Kommissar Pfeffer, setzt sich mit Ihnen in Verbindung".

„Kommissarin Bechtel, ich bin erleichtert, wenn das alles vorbei ist."

„Das glaube ich, Herr Saumweber, ich wünsche Ihnen ein behagliches Wochenende. Halten Sie sich von dieser Mieterin fern. Ein unbedachter Wortwechsel, ich versichere Ihnen, dieser Streit würde eskalieren. Ich wiederhole, bitte keinen Kontakt zu dieser Mieterin, haben wir uns verstanden?"

„Versprochen, Frau Kommissarin, Danke für Ihren Rat, ich werde mich daran halten", sagt er, obwohl sein Kopfkino diese Pschawela bereits mit Seilen fixiert hat und ihren nackten Körper mit Reisig auspeitscht, bis die Haut anschwillt. Quirin verabschiedet sich von der Beamtin, dem Polizisten, der am Fenster gewartet hat.

Als das Türschloss zuschnappt, platzt die Anspannung wie ein überdehnter Fahrradschlauch. Sofort kommt ihm das Café Mare in den Sinn, um dort den Sieg über seine Schüchternheit zu feiern. Hier ist der richtige Ort, um sich abzulenken, bei einem Glas Wein, versunken in Gedanken bei seiner Mira.

F Ü N F Z E H N

Was für ein Glück! Wie ich sehe, ist mein Körper trotz des Konsums von zwei Flaschen Rotwein in meinem Bett gelandet. Meine Gehirnzellen haben es nicht geschafft, sie schwirren zwischen Café und Wohnung hin und her. Dieser Filmriss – schuld daran war die frische Luft beim Verlassen des Cafés.

Ich erinnere mich an einen Sturz, das grobe Pflaster, wie es weiterging, keine Ahnung. Vor mir zeigt es sich: ein Fuß nackt, der andere halb in der Socke. Hose und Sweatshirt habe ich anbehalten, wo ist der Rest, wo ist mein Smartphone? Erschrocken hebt sich Quirins Oberkörper von der Matratze in eine schwindelerregende aufrechte Position. Was, wenn es verloren ist, wenn Mira mich nicht mehr erreichen kann? Zuerst schaut er auf den Nachttisch, auf die Wäschekommode, dann auf den Boden. Nirgendwo ist sein Smartphone zu sehen, dafür entdeckt er den zweiten Socken und die Schuhe. Sein Oberkörper kippt über das Bett und er entdeckt seine Jacke.

Er dreht sich auf den Bauch, greift zu, durchsucht die Taschen, ertastet das Handy: „Gott sei Dank", sagt er mit einem Seufzer, betrachtet das Smartphone von allen Seiten: Risse im Displayschutz, kein Problem, nur beim Einschalten fehlt die Anzeige. Quirin erinnert sich:

Wenn es auf den Boden fällt, ist der Kontakt zum Akku unterbrochen. Herausnehmen, hineinstecken, einschalten, das Menü leuchtet auf, zeigt weder neue Nachrichten noch Anrufe aus Bosnien.

In diesem Moment drängt das Brummen der defekten Türklingel zu ihm ins Zimmer. Sofort blendet er das Geräusch aus, indem er sich mit einem Ruck die Bettdecke über den Kopf zieht. Es ist Zeit, sich das Recht zu nehmen, nicht da zu sein. Ins Bad, in die Küche, weiter entfernt er sich an diesem Samstag nicht von seinem Bett. Umso mehr bereitet er seinen Schlafplatz für die kommenden Stunden vor.

Drei Flaschen Mineralwasser, Haferflocken gegen Sodbrennen, der MP3-Player und ein Roman mit dem Titel: Die Farbe Blau von Jörg Kastner. Zufrieden lässt er sich ins Bett fallen, steckt sich die Kopfhörer in die Ohren – sein Smartphone zeigt eine Nachricht an: Quirin, mein Liebster, komm bitte morgen, Sonntag, zwischen 23 und 24 Uhr zum Busbahnhof. Bitte hol mich ab, ich arbeite ab Montag. Kuss Mira.

Was? Warum so früh? Trotz der Freude, ihm ist heiß. „War es das, mit der geplanten Tarnung? Solch ein Pech, Mira!", sagt er und tippt die Antwort in sein Smartphone: Überraschung gelungen! Freue mich! Warte auf dich! Küsschen! Zum Glück sind es geschriebene Worte und keine gesprochenen Gefühle, denn die hätten mich sofort verraten.

Warum denn Sorgen? Diese Kommissarin hat gesagt, dass alles in Ordnung ist. Miras vorzeitiges Erscheinen kann meine einzige Rettung sein. Sie wird mich vom Verdacht der Homosexualität befreien, sie ist in der Lage die Behauptung zu widerlegen, ich hätte aus Eifersucht getötet. Lesend taucht er in vergessene Zeiten ein und ignoriert die Welt außerhalb des Romans. Nach den ersten dreißig Seiten der Geschichte hört er in kürzeren Abständen Störgeräusche.

Da passt was nicht in das Klangbild eines Symphonieorchesters, es klingt falsch. Er befreit ein Ohr, lauscht, da ist nichts und setzt den Kopfhörer wieder auf. Nach ein paar Sätzen taucht das Geräusch erneut auf. Er entfernt beide Ohrmuscheln, gibt den Weg frei für ein gebrochenes Schnarren, das er kennt. „Diese Pschawela, die bringe ich um!", murmelt er vor sich hin und quält sich aus seiner bequemen Lage. Tapsend in Schlangenlinien über den Flur, erschreckt ein heftiges Schlagen gegen die Tür. Verdammt, das blöde Weib, ich öffne nicht. Mit Neugier späht er durch das winzige Okular des Türspions. Ist das, was ich sehe, echt oder gaukelt mir mein Restalkohol diese Uniformen vor? Warum Polizei, habe ich mich zu früh gefreut?

SECHZEHN

Zu Wochenbeginn treffen sich die Kantinenverweigerer aus den umliegenden Büroetagen im Café Mare. Es wird angeregt diskutiert, spekuliert und gelacht. Ein paar der aufgetakelten Bürodamen buhlen um die Gunst der Kollegen mit ihren Beziehungen in die Chefetagen. Ist es die Chance für eine weitere Sprosse auf der Karriereleiter? Man hat den Eindruck, ohne diese Wichtigtuerei der Krawattenträger würde unsere Wirtschaft zusammenbrechen.

Gläser mit spritzendem Prosecco klirren auf dem Steinboden. „A u pizdu materinu!", wettert Mira zwischen den Gästen. Flink fegt sie die Scherben auf einen Haufen. Der Chef des Cafés applaudiert und sagt: „Brava, brava, una gran confusione – heute nix guter Tag für dich. Besser, du gehst nach Hause. Seit du zuruck, confusa – vergisst, bringst, was keiner bestellt."

„In Ordnung, Chef! Entschuldigung!", sein Gekeife, beim Boden wischen, lässt sie abprallen, weil es mit ihm in sinnlosen Diskussionen endet.

„Mein Gott, so eine arbeitet für dich! Was ist denn das für eine Idiotin? Gib ihr Plastikgläser zum Servieren, dann sparst du Geld!" Erhobenen Hauptes drängt sich eine hochgewachsene Blondine mit Minirock und Pumps an Mira vorbei. Sie stellt sich hinter den Tresen und bringt den Italiener mit Geschnatter zum Lachen. Demonstrativ bückt sie sich zur untersten Schublade, streckt ihr Hinterteil den Krawattenträgern entgegen, die den Anblick pfeifend kommentieren. Miras Chef applaudiert stumm, mit wiegendem Kopf und gespitzten Lippen.

Klar, solch ein Huhn passt zu meinem Chef. Ohne ein Wort zu sagen, schaut sie ihn kopfschüttelnd an. Ohne Mira anzusehen, stellt er ihr einen doppelten Espresso auf den Tresen: „Der ist für dich, nix wissen, wann du aus Bosnien zurückkommst, die hier neu. Muss probieren." Er deutet auf die Blondine, dreht sich von ihr weg und sagt: „Ruf an, wenn dir besser ist, mal sehen, später benötige ich Ersatz."

Solch ein Mist! Damit habe ich gerechnet, vor zwei Tagen war ich unschlüssig, ob ich in Bosnien bleibe oder gleich zurückfahre. Ich bin enttäuscht, mit welcher Leichtigkeit man ausgetauscht wird. Ohne Quirin hätte ich mir Zeit gelassen. Die ganze Hektik war umsonst, das, wegen einer Mannsperson, die sich still und heimlich aus dem Staub macht. Desillusioniert starrt sie auf den Tisch neben dem Eingang. Erinnert sich an das Gewitter, an sein tropfnasses Haar. Warum zum Teufel ist er nicht gekommen, warum verschwindet jeder Anruf bei ihm ins Leere? Habe ich mich in ihm getäuscht? Wenn ich wüsste, wo du wohnst? Nein, ich laufe dir nicht hinter her.

Sie trägt die Tasse vom Tresen an den frei gewordenen Tisch, an Quirins Tisch neben dem Eingang. Bescheuert von mir … erwarte ich Unmögliches von jemandem, wie Quirin? Oder ist er einer von denen, die mehr Zeit benötigen, um sicher zu sein? Nie war in seinen Worten der leiseste Zweifel, warum jetzt dieses Schweigen?

Ihr Espresso verliert von Minute zu Minute an Schaum. Eine Träne zieht sich über ihre Wange, als sie mit den Zuckertütchen spielt. Die Mittagspause der Gäste ist vorbei, Ruhe kehrt ein. Mira starrt vor sich hin, sucht nach einer Entscheidung: in Deutschland bleiben oder lieber zurück nach Bosnien zu ihrer Familie. Der vorletzte Gast verschwindet, ein neuer betritt das Lokal, setzt sich an den Nebentisch. „Arbeiten Sie heute? Wenn Sie Pause haben, hole ich mir meinen Kaffee an der Theke." Ohne eine Antwort versucht er es erneut. „Hallo Mira, ich hätte gerne eine normale Tasse Kaffee!"

Langsam hebt sie den Kopf, antwortet farblos: „Arbeite hier nicht mehr!", sie riecht einen Duft, den sie kennt, dreht sich zu dieser Männerstimme um. Glückshormone schießen durch ihren Blutkreislauf, ihre Augen funkeln im Deckenlicht. Sie erkennt Ömer, der seine E-Zigarette nachfüllt. „Entschuldigen Sie, Sie sind sein Freund. Sie haben ihn mit Sicherheit mehrmals getroffen."

„Wen meinen Sie?"

„Sie haben oft mit ihm hier gesessen. Wo ist Quirin? Haben Sie in letzter Zeit von ihm gehört?"

„Ich habe länger nichts mehr von ihm gehört. Erst heute habe ich eine SMS geschickt, ob er auf einen Kaffee kommt, keine Antwort. Merkwürdig ist sein Verhalten. Das ist nicht normal. Mit Sicherheit steckt er in einer Arbeit, ist bei einer Besprechung im Büro der Hausverwaltung."

Kopfschüttelnd sagt sie: „Das glaube ich nicht, ich glaube, er meidet das Café wegen mir."

„Mira, dann würde er mir einen anderen Treffpunkt vorschlagen. Bei ihm herrscht Funkstille. Er ist nicht online."

„Quirin versteckt sich, da bin ich mir sicher. Seine letzten Worte waren absolut zuversichtlich, warum macht er das? Vergisst sein Versprechen, lässt mich am Busbahnhof warten – eine Absage – ein Funken Höflichkeit, das erwarte ich."

„Mira, es ist nicht Ihretwegen, es hat einen anderen Grund, da bin ich mir sicher. Erinnern Sie sich, wie tieftraurig er vor Ihrer Abreise war? Wie es ihn getroffen hat, dass Sie ihn ignoriert haben. Sie sind ihm nicht gleichgültig."

„Das lag daran, dass ich diesen Brief vom Konsulat erhalten hatte. Da war ich mit meinen Gedanken in Bosnien. Nach unserem Frühstück war alles besprochen, alles war wieder in Ordnung. Er war zuversichtlich. Sicher, unsere Treffen waren flüchtig, voller Optimismus und jetzt sein Verhalten?"

„Mira, er ist nicht weggelaufen. Hoffentlich ist ihm

nichts passiert? Geben Sie mir Ihre Handynummer, ich hole meine Tochter von der Uni ab und fahre zu seiner Wohnung. Ich vermute, sein Handy ist defekt."

„Das ist keine Entschuldigung, es gibt viele Möglichkeiten, jemandem eine Nachricht zu hinterlassen. Quirin hat mich vergessen."

„Von einer Minute auf die andere ändert sich das Leben, sind einem die Hände gebunden, was dann? Er hängt an Ihnen, da bin ich mir sicher. Er hätte mich sofort benachrichtigt, wenn er in Problemen steckt."

„Ich hoffe, Sie haben recht. Bitte bedenken Sie, ich warte seit heute Morgen hier im Café auf ihn. Ich glaube, er hat sich anders entschieden."

„Entweder treffe ich ihn zu Hause an, oder ich frage bei den Nachbarn nach."

„Bitte sagen Sie nichts von mir, geben Sie ihm nicht das Gefühl, das ich ihn bedränge. Schicken Sie mir eine kurze Nachricht, einen Smiley, wenn alles in Ordnung ist."

Auf das kräftige Klopfen an der Bürotür folgt ein entschiedenes: „Worauf warten Sie, kommen Sie herein?"

„Grüß Gott, Kollege Pfeffer!"

„Wenn ich Gott treffe, grüße ich ihn, Kollegin Paula. Sie waren heute früh in den Tiefen unseres Archivs beschäftigt?"

„Kollege, was habe ich gehört, Sie haben diesen Quirin Saumweber bei uns untergebracht? Ein Journalist hat mich angerufen, er ist besorgt. Die Notiz, dass Saumweber die Presse informiert hat, haben Sie hoffentlich aus meinem Protokoll."

„Liebes Fräulein Paula", er zwirbelt seinen Bart und lächelt hämisch, „die Presse vermutet, erfindet, verursacht Probleme, aus diesem Grund ist mir das scheißegal. Der Staatsanwalt findet Verfehlungen, um diesen Herrn zu behalten, bis der Fall aufgeklärt ist. Saumweber mit seinen Geschichten, der führt uns in die Irre."

„Herr Kollege, das ist kein …"

„Entschuldigen Sie, wenn ich Sie unterbreche, Fräulein Paula, warum kommt er erst jetzt mit dieser Unterwäsche. Nachdem ich ihn eindringlich zur Rede gestellt und ihm ein Foto unter die Nase gehalten habe. Sofort hat er abgestritten, dieses Höschen gesehen zu haben. Von dem lasse ich mich nicht verarschen."

„Herr Kollege, da gebe ich Ihnen recht, das wirft Fragen auf. Quirin hat sich geschämt, trotz allem um dies richtigzustellen, hat er uns die fehlenden Informationen freiwillig mitgeteilt. Außerdem haben wir an diesem Sonntag bei der letzten Durchsuchung von Pschawelas Wohnung neben den beiden roten Schlüpfern einen gelben gefunden. Wir sind uns sicher, dass sie die Teile aus dem Kaufhaus gestohlen hat, denn an einem hing die Artikelnummer mit dem Preis. Für mich als Beamtin unerschwinglich".

„Überlegen Sie, verehrtes Fräulein! Nach Ihrem Protokoll war Saumweber in Pschawelas Schlafzimmer, er hatte Zugang zu ihrem Wäscheschrank. Fetischismus, sage ich. Vermute, er bewahrte das seidene Stück wie eine Trophäe in seiner Hosentasche auf. Notgedrungen wickelte er bei seiner Tat die Unterhose um den Schraubendreher."

„Kollege, der Schraubendreher gehört, wie diese Pschawela behauptet, ihr. Sie hat damit ihre Pakete geöffnet."

„Kollegin, mir scheint, Sie überfliegen die Protokolle und übersehen Details: Dieses Werkzeug steckte außerhalb des Kellerverschlags in einem Astloch. Dieser Verschlag ist nie verschlossen und dort liegen genug Rollen Wickelfolie. Damit schützt sie ihre abgelegte Kleidung vor Motten. Jeder Bewohner hat Zugang."

„Das ist der Punkt, Kollege, denn die Betonung liegt auf jeder."

„Einer kannte sich aus, und das ist Saumweber. Obendrein bin ich sicher, dass es sich bei dem Streit zwischen meinem Verdächtigen und diesem Boten Robert Sulim in Wirklichkeit um Eifersucht handelte. Und nicht, wie Saumweber behauptet, um die Vertreibung aus dem Keller. Mit dieser Geschichte versucht er uns, von der Wahrheit abzulenken. Aber nicht mit mir!"

„Herr Kommissar, da ist dieser Lieferwagen. Den hat der Saumweber nicht gefahren, der war zu der Zeit beim Bäcker. Dafür gibt es Zeugen. Ich tippe auf die Hilfe von Pschawela?"

„Die Gespielin hat ein Alibi, denn nachdem ihr Geliebter die Wohnung verlassen hatte, gab sie der Nachbarin das geliehene Geld zurück."

„Sie sagte nicht, wann und wie lange das gedauert hat. Drei Minuten oder eine Stunde. Kollege Pfeffer, über bleibt Wachtendonk. Finden wir den genauen Zeitraum heraus, fragen wir diese Nachbarin."

„Kollegin, ich bin sicher, der Saumweber hat mit dieser Pschawela was zu schaffen, der fischt in beiden Gewässern. Zurück zu diesem Wachtendonk. Nehmen wir an: Saumweber sticht zu, der Alte hat ihn dabei beobachtet, wird entdeckt, flüchtet vor Angst auf sein Boot."

„Stop! Wenn er zugesehen hat, wie kommt sein Blut an den Schraubendreher?"

„Hier hat es einen kurzen Kampf mit ihm gegeben. Zwar gibt es bisher keine DNA-Spuren von Saumweber, keine handfesten Beweise. Belastend ist, dass er Zugang zu diesem Schrank hatte."

„Das ist der Punkt, das mit dem Schrank ist Ihre Vermutung. Sie sind besessen davon, Saumweber zu beschuldigen. Wissen Sie, dass Wachtendonk vorbestraft ist? Deswegen war ich heute Morgen im Archiv. In seiner Akte steht, wegen sexueller Belästigung, dafür ist er in unserer DNA-Datei registriert. Was sagen Sie jetzt? Die Becher, die in der Pantry des Segelbootes standen, wurden von ihm und der Studentin, die tot ist, benutzt. Das Handtuch mit Wachtendonks Hautpartikeln und ihren Haaren, ein weiterer Beweis, dass er auf dem

Boot verweilte, das er sie umbrachte."

„In Ordnung, Paula, umso mehr ist er ein Zeuge des Verbrechens in diesem Keller."

„Herr Kollege, Sie verurteilen den Saumweber aufgrund von Vermutungen. Ich plädiere dafür, ihn frei zu lassen. Wenn wir diesen Wachtendonk finden, haben wir den Mörder nicht nur von der Studentin, sondern auch von Robert Sulim. Wachtendonk hatte allen Grund, eifersüchtig zu sein. Dafür hatte diese Pschawela gesorgt. Saumweber ist rein zufällig dazwischengeraten."

„Kollegin, Sie verlieren sich in Spekulationen."

„Nein. Tatsache ist, dass sich die Herren über einen längeren Zeitraum die Klinke in die Hand gegeben haben. Da entstehen ernsthafte Gefühle bei dem einen oder anderen, meinen Sie nicht? Eines verstehe ich nicht, warum sie dem Saumweber Homosexualität unterstellt. Er war verheiratet, hat sich vor acht Jahren von seiner damaligen Ehefrau scheiden lassen, die ihn betrogen hat."

„Sehen Sie, Kollegin, er war enttäuscht und ist vor Frust übergelaufen."

Sie lacht: „Was ist, wenn jeder aus Frust die Seiten wechselt, mein Gott. Nach unseren Informationen hatte er vorher und nachher Freundinnen. Keine Mannsbilder! Momentan ist er dabei, eine neue Beziehung aufzubauen, mit einer Bosnierin."

„Fluchtgefahr, Kollegin, das ist ein weiterer Grund für eine Inhaftierung, er setzt sich nach Bosnien ab, zieht weiter nach Albanien, dort kommen wir schwer an ihn heran."

„Bleiben wir bei Pschawelas Behauptung, Kollege, das ist reine Verleumdung. Sie hat Wachtendonk mit ihren Spielchen schwer belastet und versucht jetzt, mit diesem Hausmeister von sich abzulenken".

„Fräulein Paula", er schüttelt den Kopf und lächelt, „bei meiner gestrigen Vernehmung hat diese Pschawela nichts davon erwähnt. Wir haben das Thema angesprochen, sie hat es abgetan. Sie wüsste von nichts. Hat gesagt, der Rainer kommt, der Rainer verschwindet, wie er Lust hat. Von seinen Vorlieben wüsste sie nichts, auch nicht von seinem jetzigen Aufenthalt. Liebes Fräulein Kollegin, er schiebt bewusst die Schuld auf diese Pschawela, demnach steht hier Aussage gegen Aussage".

„Im Übrigen, Herr Kollege, warum lassen Sie sich immer wieder daran erinnern, dass Sie mich nicht Fräulein nennen!"

„Entschuldigung, war keine Absicht, werde mich bessern."

„Im Vergleich zu Ihren Erfahrungen, Kollege, schwächelt bei mir die Anzahl der Dienstjahre, das gebe ich zu, aber ich bin dran mit meiner Zusammenfassung, wie ich es protokollieren werde." Sie ordnet die Fotografien wie die beschriebenen bunten Zettelchen neu auf der Magnetfolie an der Wand.

„In Ordnung Paula, wenn Sie meinen, bitte nicht zu lange, denn bald ist Feierabend. Mein Magen freut sich auf das Abendessen", sagt er und lehnt sich in seinem Stuhl zurück.

„Pschawela spielt mit Wachtendonks und Sulims Gefühlen, um an ihr Geld zu kommen. Der eifersüchtige Wachtendonk konfrontiert den Jungen damit, es kommt zum Streit, er rammt ihm den Schraubenzieher ins Herz. Das Opfer verblutet, er holt die Folie aus der Kellerbox der Pschawela. Kennt sich aus, wegen der Paketlieferungen. Zurück beim Toten entnimmt er vorher den Autoschlüssel aus der Hosentasche, umwickelt die Leiche mit der Folie. Dann schleppt er das eingewickelte Paket in Pschawelas Keller und macht sich aus dem Staub. Angeschlagen steigt Wachtendonk unbemerkt in Sulims Transporter, stellt den Wagen bei dessen Firma ab. So vermuten alle, dass Sulim lebt. In der Nacht kommt Wachtendonk zurück, schleppt den Toten aus dem Keller der Wohnanlage direkt in den Keller der Stadtwerke. Die Spurensicherung findet neben den Fetzen der Folie die Fasern eines fremden Kleidungsstücks am Türrahmen des Eingangs zur Verteilerstation. Danach verschwand Wachtendonk auf seinem Segelboot".

„Aber Paula, wir haben sein Blut auf dem Schraubenzieher gefunden. Er hat versucht, den Mord zu verhindern, und wurde selbst angegriffen. Dann haben sie das blutgetränkte Höschen vergessen. Deshalb bleibe ich bei meiner Version, dass die Schuld beim Hausmeister liegt. Außerdem fehlt in ihrer Geschichte, von wem der Knopf stammt."

„Nach meinen Recherchen, Herr Kommissar, mit dem, was Saumweber mir erzählt hat, ist es nur …"

„Was heißt das, was mir der Hausmeister erzählt hat, das lasse ich nicht gelten!"

„Entschuldigen Sie, Herr Kollege, aber dann lasse ich nicht gelten, dass Pschawela behauptet, Saumweber sei homosexuell. Das behaupten Sie, ohne jeden Beweis! Warum sie ihn zum Mörder stempelt, ist hier das Fragezeichen."

„Papperlapapp, was reden Sie da, ich suche nach Fakten."

„Ich habe das Richtige für Sie, Kollege, zwei Fakten. Unser Faxgerät hat heute eine Nachricht ausgespuckt. Die IT-Spezialisten der Kriminaltechnik haben uns das Sende- und Empfangsprotokoll von Pschawelas Handy übermittelt. Zu diesem Zeitpunkt war es funktionsfähig und Wachtendonk schrieb am 6. Mai um 13:15 Uhr folgende Nachricht an die Pschawela: Bitte Keller meiden! Werde Paket heute Abend abholen! Wachtendonk hatte die Möglichkeit, dieses Dessous zu stehlen, um es dann um den Griff zu wickeln".

„Okay, Frau Kollegin, ein Punkt für Sie, die Frage bleibt, welches Paket?"

Sie schnauft genervt. „Kommen wir zum Zweiten.

Am Sonntag, nach der Verhaftung von Pschawela, fand eine weitere Hausdurchsuchung statt. Beim Verlassen der Wohnung habe ich, erneut diesen Türken im Erdgeschoss befragt, und folgende Angaben erhalten: Dieser Herr hat kurz vor elf Uhr gesehen, wie zuerst Sulim über den Hof im Keller verschwunden ist. Fünf Minuten später Wachtendonk über das Treppenhaus. Beide sind um elf Uhr in den Keller gegangen. Wenn ich mich recht erinnere, hat Saumweber diesen Tomo erst kurz vor zwölf wieder verlassen."

„Woher hatte der Mieter sein Wissen?"

„Zum Ersten kennt er beide Paketboten persönlich. Zum Zweiten, seine Ehefrau kommt um elf Uhr von der Arbeit, er wartet auf sie und sieht diesen Sulim. Fünf Minuten später verlässt der Türke die Wohnung, um zur Arbeit zu fahren, trifft diesen Wachtendonk an der Kellertür im Treppenhaus. Wäre Saumweber vor oder nach dem Werkzeugholen in den Keller gegangen, hätte er dort niemanden angetroffen. Außerdem war er um halb elf mit der Reparatur beschäftigt."

Kommissar Pfeffer beugt den Oberkörper in seinem Bürostuhl nach vorn, schweigt. Dann nickt er wohlwollend: „Überzeugende Arbeit, Kollegin!"

„Danke Kollege! Bitte nicht vergessen, den Staatsanwalt zu unterrichten, denn diese Fakten entlasten Quirin Saumweber."

„Lassen wir uns überraschen, wie der Richter entscheidet, liebe Kollegin."

„Bei dieser Faktenlage, Herr Kollege, gibt es keine Überraschung. Ich bleibe beim Täter, Wachtendonk. Es ist besser, der Staatsanwalt konzentriert sich ab jetzt auf ihn und diese Pschawela".

Ömer setzt seine Tochter zu Hause ab und fährt sofort zu Quirin. Er parkt sein Auto direkt vor dem Haus, halb auf dem Gehweg, halb auf der Straße. Im ersten Moment ist er sich nicht sicher, ob er vor dem richtigen Haus steht. Zu lange ist es her, der Besuch bei seinem Freund Quirin. Die Fenster im Erdgeschoss mit den heruntergelassenen Rollläden deuten auf eine verlassene Wohnung hin. Unter dem Vordach des Hauseingangs steht ein älterer Herr und bläst genüsslich den Rauch seiner Zigarette in die Luft. Ömer erkennt in ihm einen Landsmann, der ihm, ohne zu zögern, alles über das Haus erzählt.

Eine Aussage verwirrt Ömer, denn er kennt seinen Freund Quirin seit Jahren. Nie hat er sich was zuschulden kommen lassen. Übervorsichtig, habe er jede Entscheidung hinterfragt und Probleme mit ihm besprochen. Sein Urteil, der rauchende Alte erzähle ihm Lügengeschichten. Doch sein Landsmann schwört bei Allah, dass es die reine Wahrheit ist. Beamten drangen in die Hausmeister-Wohnung ein und schoben Quirin in Handschellen in ein Polizeiauto.

Zurück im Auto ruft Ömer sofort Mira an. Er versucht, die Nachricht mit einem möglichen Missverständnis der Behörden herunterzuspielen, aber sie unterbricht ihn mit den Worten: „Danke, das hätte ich ihm nicht zugetraut, zum Glück wartet mein Sofa in Bosnien auf mich." Das Gespräch endet abrupt. Ömer ist erbost über sein unsensibles Verhalten.

SIEBZEHN

Es ist Mittwoch, der 29. Juni 2016, als Quirin am Wärter vorbei durch das Stahltor in die Freiheit tritt. Seine Netzhäute haben sich an das dämmerige Kunstlicht im Gefängnis gewöhnt, bei der grellen Begrüßung durch die Sonnenstrahlen zuckt er heftig zusammen. Ihn nervt der Autolärm, die Menschen mit ihrer übertriebenen Hektik. Mit beiden Händen fährt er sich übers Gesicht: Freigesprochen von allen Vorwürfen eines uneinsichtigen Kommissars. Fragen bleiben: Was erwartet mich, bei den Nachbarn, bei der Hausverwaltung, hauptsächlich im Freundeskreis? Wie lange wird der Rest des Verdachts in ihren Köpfen bleiben? Verzeiht Mira mir nach einem Monat des Schweigens?

Auf dem Heimweg treibt ihm die Schwüle den Schweiß aus den Poren. Auf jeden Fall die Häuser, die Geschäfte, die Restaurants haben sich nicht verändert, bei den Menschen jedoch ist er sich nicht sicher. Mira hat mich ausgeschlossen, und das zu Recht, denn erst kurz vor der Entlassung haben sie mir mein Handy wieder gegeben. Leider haben sich in der Zeit der Untersuchung viele E-Mails und SMS angesammelt. Ömer schreibe ich am besten, dass er mich heute im Café Mare treffen soll.

Der von hohen Sträuchern gesäumte Weg wirft kühlenden Schatten. Mit jedem Schritt nähert er sich seinem Zuhause, der vertrauten Fassade mit den imposanten Gesimsen. Wenn einem das Alltägliche entgleitet, schätzt man jedes Detail umso mehr. Zum Glück ist keiner der Mieter zu sehen. Quirin eilt zum Briefkasten, leert ihn hastig, schleicht unbemerkt in seine Wohnung. Abgestandener Geruch mit süßlicher Kopfnote schlägt ihm entgegen. Sofort sucht er nach dem Übeltäter, findet ihn im Mülleimer der Küche. Quirin knotet den Sack zu, reißt die Fenster auf und bringt den Müll zum Container. Zurück in der Wohnung schält er sich aus seinen Klamotten, springt wie ein mopsfideler Junge unter die heiße Dusche. Verschwenderisch besprüht er sich mit Aftershave, spült die letzten Erinnerungen an den Knast zumindest aus der Nase.

Was nützt es mir, wenn mein Anwalt gegen einen Kommissar klagt, der überzogene Maßnahmen ergriffen hat? Mein ungutes Gewissen gegenüber Mira wird dadurch nicht besser. Wie reagiert sie, wenn ich im Café vor ihr stehe? Verzeiht Sie mir? Angespannt entnimmt er das Smartphone aus der Ladestation, setzt sich in seinen 2 CV, der wie durch ein Wunder auf Anhieb anspringt. Langsam fährt er zum Café Mare, parkt, bleibt eine Weile in seinem Citroën sitzen und beobachtet das Treiben an den voll besetzten Tischen im Freien. Die Schatten spendende Linde weckt Erinnerungen an ein gemeinsames Frühstück. Er mustert die Besucher, mustert diese Kellnerin? Wer ist sie? Sie passt nicht ins Bild, gehört nicht hierher. Hier arbeitet Mira. Wiederholt schweift sein Blick über die Köpfe der Gäste, auf der Suche nach der Bosnierin. Nebenbei prüft er sein Smartphone, ob Ömer die Nachricht gelesen hat.

Je länger man wartet, desto mehr rebelliert die innere Stimme, drängt auszusteigen. Sie arbeitet mit Sicherheit hinter der Theke. Er zögert. Was ist los, hat dich das Gefängnis zu einer Mimose werden lassen, dass du wie ein aufgescheuchtes Huhn in Angststarre verfällst? Quirin holt Luft, steigt aus, knallt die Autotür hinter sich zu, überquert die Straße und betritt das Café.

Zum Glück lockt das Wetter die Gäste nach draußen, und drinnen herrscht gähnende Leere. Hier ist keine Mira, er setzt sich an seinen Tisch neben dem Eingang. Eine ihm unbekannte Kellnerin erkundigt sich nach seinen Wünschen. Er bestellt einen Eiskaffee. Ömers Nachricht fehlt, er hatte vermutlich Nachtschicht, liegt im Bett. Diese Bedienung passt nicht ins Lokal, ihr Outfit, ihre Ausstrahlung haben Vulgäres. Lieblos, Kaugummi kauend, stellt sie seine Bestellung auf den Tisch, wendet sich wortlos ab.

Quirin ruft ihr zu, zieht den Eiskaffee hinter den Speisekarten hervor: „Entschuldigung! Es fehlt der Strohhalm? Wann arbeitet Mira wieder im Café?"

Die Blondine kommt zurück an den Tisch, bläst eine rosa Blase aus ihrem Mund, die nach einem dumpfen

Plopp an ihren Lippen klebt. Zwischen dem Kauen sagt sie: „Wir haben hier keine Mira und Strohhalme sind aus, du bist im falschen Lokal!"

Quirin schluckt, reißt die Augen auf, schaut sich um. Es ist alles wie bei seinem letzten Besuch vor einem Monat: Die Theke glänzt mit Marmor und blank poliertem Wurzelholz. Da stehen die fünf Tische, mit den überdimensionalen, bunten Speise-, Eis- und Getränkekarten. Attribute, die es nur hier auf den Tischen gibt, es ist das richtige Café. Eines ist anders, es fehlt der Italiener mit dem Fernseher. Stattdessen bedient hinter der Eisbar eine ältere Dame, die er nicht kennt.

Verunsichert bläst er die rechte Wange auf und lässt die Luft aus den Mundwinkeln entweichen. Seine letzte Hoffnung liegt bei seinem Freund Ömer, dem er keine SMS schickt, sondern direkt anruft. Er ist der Einzige, der eine Ahnung hat, was vorgefallen ist, vor allem, wo seine Dürre geblieben ist. Nach dem dritten Anruf, der mit einer Mailbox endet, lädt er ihn mit Nachdruck sofort ins Café ein.

Seit Wochen freue ich mich auf diesen Eiskaffee, jetzt bleibt mir jeder Schluck im Halse stecken. Ömer, warum meldest du dich nicht? Langsam verwandelt sich mein Frust in pure Aggression: Dieser Kommissar Pfeffer hat mir das alles eingebrockt. Er hat Gründe gefunden, meine Untersuchungshaft zu verlängern. Unangemessen, falsch, er hält es nicht für nötig, sich bei mir zu entschuldigen. Mit einem süffisanten Lächeln spuckte er

Worte aus, die wie Hohn klangen: Sie haben Glück Herr Saumweber, ich hätte Sie gerne bis zu den erlaubten sechs Monaten behalten. Dieser verdammte Sessel-pupser brüllt Quirins innere Stimme. Alles, was ich mir aufgebaut habe, droht zusammenzubrechen. Was ist das für ein Glück?

Nach einer Stunde taucht Ömer auf. „Entschuldige Arkadaş, es ist Ramadan, ich bin ausgelaugt. Ich bin mit dem Fahrrad gekommen, werde nichts trinken, nur mit dir reden. Mein Landsmann, einer deiner Hausbewohner, hat mir alles erzählt, ich vermutete zuerst, er lügt mich an. Bin ich erleichtert, dass du wieder draußen bist. Wie fühlst du dich?"

„Im Moment, na ja! Morgen bin ich bei der Haus-verwaltung, ob die mich weiter beschäftigen, keine Ah-nung. Zum Glück hat der Anwalt bei denen angerufen, wie hätte ich sonst mein Problem erklären sollen. Ömer bitte, was ist mit der Bosnierin passiert, die Kellnerin hier im Lokal kennt sie nicht".

„Mein Freund, deine Mira war in Bosnien, der Italie-ner hat eine Vertretung eingestellt, die leider geblieben ist. Solange er im Krankenhaus liegt, arbeitet seine Mut-ter hinterm Tresen. Nachdem du dich nicht gemeldet hast, habe ich mit Mira gesprochen und ihr erzählt, was vorgefallen ist. Daraufhin hat sie mir angedeutet, dass sie hier nichts mehr zu suchen hat. Seitdem blieb sie verschwunden."

„Verdammt Ömer, sie vermutet, ich hätte jemanden

umgebracht."

„Du bist frei, Quirin. Verläuft dein Prozess weiter positiv?"

„Es gibt keinen Prozess, Ömer, an diesen Verdächtigungen war nichts dran, dieser Kommissar hat ständig versucht, mir Neues anzuhängen. Am Anfang hat der Untersuchungsrichter mitgespielt, am Ende bin ich eher ein Zeuge, ich bin kein Täter, das ist zumindest der letzte Stand. Offen gestanden, wenn man einem ständig unter die Nase reibt, dass man ein Mörder ist, verhält man sich mit der Zeit schuldig. Ich verlor die zeitliche Einordnung, den Überblick, wer mich, wann, wo gesehen hat und ob ich da war als es passiert ist. Dieser Kommissar hat mir buchstäblich das Gehirn gewaschen".

„Quirin, mir war von Anfang an klar, dass es sich um einen Irrtum handelt. Und das hätte ich deiner Mira gerne erklärt, leider hat sie zuvor das Telefonat abgebrochen. Ich habe versucht, dich zu erreichen, die Leitung war gestört."

„Sie haben mir das Handy weggenommen."

„Da fällt mir ein, ein älterer Gast im Café Mare hat mehrmals nach dir gefragt."

„Ein älterer Gast? Hier kennt mich niemand außer dir und Mira."

„Zuerst hat er den Italiener gefragt, der hat ihn dummerweise zu mir an den Tisch geschickt. Ein fürchterlicher Mensch, sein Auftreten war angriffslustig. Hat sich als Rainer vorgestellt. Er kennt dich. Ihr hättet eine gemeinsame Freundin. Sie hätte ihm gesagt, dass du hier bist. Wer ist dieser Kerl?"

„Keine Ahnung, Ömer, wie hat er ausgesehen, von welcher Freundin hat er gesprochen?"

„Der hatte eine untersetzte Figur, um die sechzig, braun gebrannt, die Stirn bis über den Kopf reichend, von grauen Haaren umgeben. An der rechten Hand trug er einen weißen Lederhandschuh mit abgeschnittenen Fingerkuppen, wie diese Fahrradhandschuhe."

„Ömer, bist du sicher, dass er sich Rainer nannte?"

„Ja, so hat er sich vorgestellt. Vermute, Mira hat ihn geschickt, um dich zu suchen?"

„Nein, das nicht, nach deiner Beschreibung tippe ich eher auf diesen Paketboten von dieser Pschawela. Der wird von der Polizei wegen eines Verbrechens gesucht."

„Zwei Tage hintereinander, Quirin, ist dieser Mensch an meinen Tisch gekommen. Zuletzt hat er mich bedroht, weil ich keine Ahnung hatte, wo du bist. Daraufhin bin ich dem Mare ferngeblieben. Lass mich von so einem nicht belästigen!"

„Mein Freund Ömer, wenn ich wüsste, worum es geht?"

Ömer runzelt die Stirn: „Das Klügste wäre, den Vorfall der Polizei zu melden."

„Ja, sicher! Ich kenne ihn nicht, ich habe ihn kurz gesehen, als ich die Sträucher fotografiert habe. Warte, lass mich nachdenken. Ich hatte mit meinem Smartphone … warum vergesse ich dieses Detail? Ich fotografierte die Sträucher an der Hausfassade vor dem Kellerabgang. Mit ziemlicher Sicherheit habe ich ihn beim Verlassen des Kellers erwischt und das passt ihm nicht. Hoffentlich sind die Bilder auf meinem Smartphone. Diese Pschawela hat ihn hierher geschickt, da bin ich mir sicher. Ich habe ihr von diesem Café mit meiner Mira erzählt, damit sie begreift, dass ich kein Interesse an ihr habe."

„Quirin, melde das sofort der Polizei, ich bin jederzeit bereit auszusagen. Der Vogel hat mir auf den Magen geschlagen. Mein Freund, ich lasse dich langsam wieder allein, bin mit dem Fahrrad. Sie haben mir den Führerschein abgenommen, die 30er-Zone war schuld."

„Oje, das ist bitter, bitte Warte, verdammt, wo ist das Foto?" Quirin sucht unter den gespeicherten Bildern vom illegalen Sperrmüll, den Schmierereien im Aufzug, den falsch geparkten Autos – hier ist nichts. Einen Versuch, er atmet auf: „Hier ist es, Ömer, ich hab's, die Fotos sind in der Cloud. Hier, bitte!", er reicht ihm das Smartphone. „Man erkennt ihn, wie er aus dem Keller die Treppe hochkommt."

„Bestens getroffen, Quirin, mach das Bild größer!"

Quirin wischt über den Bildschirm: „Das ist er, siehst du, da in seiner rechten Hand. Was ist das, Ömer?"

„Ein Schlüssel mit Anhänger, sonst nichts. Da ist nichts Auffälliges dran", sagt Quirin.

„Mein Freund, sieh hin, das ist Blut! Sein Hemd und seine Hose sind voll davon."

„Jetzt haben wir ihn! Das ist das Foto, das Rainer sucht. Das ist der Beweis, dass er aus dem Keller gekommen ist."

„Mein Freund, geh sofort zur Polizei!"

„Vorher frage ich die Chefin hinter dem Tresen nach Miras Adresse. Bleib bitte, ich bin gleich wieder da."

Ömer beobachtet, wie er mit der alten Dame spricht, mit den Händen bettelt. Sie hört ihm zu, schüttelt den Kopf, wendet sich von ihm ab. Quirin spricht weiter, sie schaut ihn wieder an, nickt mehrmals, verschwindet in Richtung Küche. Quirin zeigt ihm den Daumen nach oben.

Sie kommt aus der Küche, plaudert, gibt ihm einen Zettel. Er bedankt sich und bleibt bei Ömer stehen: „Stell dir vor, der seltsame Patron hat vor zwei Tagen hier im Café nach Mira gefragt, nach ihrer Adresse. Mira ist in Gefahr, nicht, dass er ihr Abscheuliches antut, dieser Mistkerl. Er ist sich sicher, ich bin mit Mira in Bosnien. Zuerst besuche ich die Kommissarin, anschließend fahre ich nach Jajce. Sobald das vorbei ist, melde ich mich bei dir, Ömer, versprochen!", Quirin legt einen Zehner auf den Tisch: „Den Rest steckst du ein, die Kuh hat kein Trinkgeld verdient." Ohne sich zu verabschieden, lässt er einen unberührten Eiskaffee und einen verdutzten Ömer zurück.

Im Auto telefoniert Quirin mit der Kommissarin, die

ihn sofort in ihr Büro bestellt. Dort wertet die Spurensicherung das Bild aus. Nachdem sie den Tag und die genaue Uhrzeit der Aufnahme ermittelt haben, vergrößern sie die Hand von Wachtendonk. Auf dem Anhänger des Autoschlüssels ist deutlich das Firmenemblem mit dem Kennzeichen zu erkennen. Dieser Schlüssel gehört zum Lieferwagen des Getöteten, das steht fest.

Die Kommissarin legt ihre Hand auf Quirins Schulter und sagt beruhigend: „Herr Quirin Saumweber, das war unser Fehler. Wir überprüfen neben dem Smartphone selbstverständlich auch die Daten in der Cloud und das haben wir versäumt. Dieses eine Foto in unseren Händen, Ihnen wäre der ganze Ärger mit uns erspart geblieben".

„Das Foto hatte ich vergessen, Frau Kommissarin, ich habe es ohne Überprüfung an die Hausverwaltung weitergeleitet. Meine Fehler. Entschuldigen Sie bitte, meine Freundin Mira in Bosnien macht mir Sorgen. Alle Anrufe waren bisher erfolglos. Was ist, wenn Wachtendonk nach Bosnien gefahren ist?"

„Keine Panik, er ist bereits zur Fahndung ausgeschrieben. Bosnien ist nicht in der Europäischen Union. Sobald Wachtendonk an der Grenze auftaucht, wird er festgenommen. Außerdem kontrollieren Slowenien und Kroatien weiterhin die Grenzen."

„Ich habe von der Chefin des Cafés, in dem Mira gearbeitet hat, die Adresse in Jajce erhalten. Ist es erlaubt, dass ich sofort dorthin fahre, obwohl die Ermittlungen bisher nicht abgeschlossen sind? Mit Glück komme ich rechtzeitig vor diesem Wachtendonk an."

„Herr Saumweber, Sie haben meine Erlaubnis, bitte geben Sie mir diese Adresse, ich werde die Kollegen in Bosnien benachrichtigen. Seien Sie unbesorgt, wir erhalten in den nächsten Stunden eine Nachricht, ob alles in Ordnung ist".

„Frau Kommissarin, danke, mir fällt ein Stein vom Herzen. Wenn Sie erlauben, werde ich losfahren."

„Ja, Herr Saumweber, passen Sie auf sich auf. Wenn Sie diesen Wachtendonk sehen, handeln Sie bitte nicht unüberlegt. Rufen Sie zuerst die Polizei, denn der Verdächtige ist absolut gefährlich."

ACHTZEHN

Quirin drückt aufs Gaspedal, sein Ziel ist die Stadt Jajce in Bosnien-Herzegowina. Mira wird staunen, wenn sie die Wahrheit erfährt. Das monotone Geräusch seines Citroëns, die Dunkelheit, die entgegenkommenden Lichter sind einschläfernd. Die letzten Nächte haben ihm Stunden an Schlaf gestohlen und jetzt der Stress, steht ein Leben auf dem Spiel, bleibt keine Zeit für Ruhe. Er dreht am Knopf der Lüftungsklappe, bis eine frische Brise sein Gesicht streift. Ein Blick auf die Karte: Mindestens 800 Kilometer liegen vor ihm. Dieser Mörder verliert keine Minute und kennt mit Sicherheit Wege, um unkontrolliert über die Grenze zu gelangen. Er ist eine unberechenbare Gefahr für meine geliebte Dürre. Quirin erliegt seinen Gedanken und mit ihnen der Präzision seines Fahrstils. Heftiges Hupen überholender Autos lässt ihn aufschrecken. Der Kampf gegen die Schlafattacken setzt sich fort. Schuld sind die Staus, das ständige Anhalten und wieder Anfahren, das zermürbt. Quirin erinnert sich an die Gefängniszelle, an die Hilflosigkeit, die er hier wiederfindet zwischen den wartenden Lastwagen, Reisebussen und all den genervten Autofahrern.

Eine solche Strecke hat Quirin seinem betagten Citroën seit Jahren nicht mehr zugemutet. Umso aufmerksamer lauscht er, ob Misstöne am Motor oder am Fahrwerk seine Mission stoppen könnten. Eine veraltete Straßenkarte auf dem Beifahrersitz, deren Straßennetz lückenhaft ist, dient eher der Beruhigung. Gott sei Dank führt die Autobahn bis zur bosnischen Grenze und das funktioniert ohne Karte.

Die Tankanzeige seines Fahrzeugs zeigt rot und zwingt ihn, an der nächsten Zapfsäule anzuhalten. Beim Bezahlen an der Kasse erfährt Quirin von den Vignetten, dem speziellen Zubehör, auf das die ausländische Polizei bei ihren Kontrollen achtet. Vom Abschleppseil bis zum Feuerlöscher landet ein sortiertes Sicherheitspaket in seinem Kofferraum. Die Warnwesten stopft er unter den Beifahrersitz.

Für den Notfall gewappnet, verlässt er die Tankstelle und reiht sich wieder in den Straßenverkehr ein. Der Grenzübertritt nach Österreich verläuft unauffällig. Wo früher die Zollstation war, stehen heute Imbissbuden neben Souvenirläden. Ohne Grenzkontrollen ist die Einreise zügig und das macht ihm Sorge, da dieser Wachtendonk Bayern genauso unkompliziert verlässt. Unbewusst tritt er aufs Gaspedal. Sein Smartphone piept, ein flüchtiger Blick zeigt an, dass er sich ins österreichische Funknetz eingewählt hat. Am liebsten hätte er eine Nachricht von der Kommissarin, aber die scheint keine Informationen über Mira erhalten zu haben.

Er fährt weiter in Richtung Slowenien, Kroatien. An beiden Grenzen winkt man ihm durch. Am Rande der

Autobahn entdeckt er vereinzelte Polizeikontrollen. Reist Wachtendonk mit einem gefälschten Pass, schmilzt die Chance, ihn zu entdecken, wie Vanilleeis im Sommerwind.

Vanilleeis, das würde mich jetzt wach halten. Bei geöffnetem Seitenfenster wirbelt ihm der Fahrtwind durchs Haar. Sporadisch klopft er mit der Handfläche auf seine Oberschenkel, um den Wachzustand seiner Nerven zu testen. Acht Stunden Fahrt liegen hinter ihm, in den vergangenen zwei ist er mindestens zehnmal eingedöst. Am Anfang fuhr er mit Höchstgeschwindigkeit, jetzt schleicht er mit lächerlichen siebzig durch die Landschaft. Vierzig Kilometer pro Stunde langsamer, das kostet Zeit, die er nicht hat. Erneut durchzuckt es seinen Körper, er schnappt nach frischer Luft. Leider hilft das nicht, denn sein Zustand hat einen kritischen Punkt erreicht. Die entgegenkommenden Lichter blenden, legen sich über seine Netzhaut, verschmelzen zu einem Lichtband ohne Anfang und Ende. Als dieses Band auf ihn zukommt, erschrickt er – verreißt das Lenkrad. Diese Schrecksekunden häufen sich und bringen ihn unfreiwillig auf dem Seitenstreifen zum Stehen. Die Warnblinkanlage wiegt ihn für ein paar Minuten in Sicherheit, die er mit Selbstgesprächen verbringt: „Ein paar Kilometer, dann hab ich's geschafft. Nicht einschlafen", sagt er sich und fährt weiter. An der nächsten Ausfahrt verlässt er die Autobahn. Auf dem Parkplatz der Mautstelle gönnt er seinen Augen Ruhe.

Nicht lange, denn es treibt ihn voran. Sein Auto fährt weiter nach Novi Varoš, nahe der bosnischen Grenze. Er hält vor einem Restaurant mit Glasvorbau, an dessen rot-weiß karierten Tischen vereinzelt Gäste sitzen. Er bestellt beim Kellner zwei Portionen Kaffee, setzt sich, sucht auf seinem Smartphone nach Neuigkeiten: belanglose Informationen, nervige Spam-Mails. Tasse um Tasse leert er, starrt vor sich hin, wartet, bis sein Kreislauf wieder in Schwung kommt. An seinen Tisch setzt sich ein Herr, den er kommentarlos gewähren lässt. Der Dunkelhaarige mittleren Alters entschuldigt sich in akzentfreiem Deutsch für die Störung.

„Stören Sie, es gibt Schlimmeres", antwortet Quirin.

„Sie kommen aus Deutschland, das sehe ich an Ihrem Autokennzeichen. Ich bitte Sie um einen Gefallen. Ein Freund in Bosnien benötigt dringend diese Tasche", er öffnet sie und zeigt auf den Inhalt. „Das sind Bücher, ein paar Unterlagen für die Arbeit. Könnten Sie das für mich über die Grenze bringen? Deutsche kontrolliert man oberflächlich. Ich gebe Ihnen Geld, wenn Sie zehn Euro in den Pass legen, lässt Sie der Zöllner ohne Fragen über die Grenze."

„Entschuldigung, nichts gegen Ihren Vorschlag", antwortet Quirin mit dünner Stimme, „ich sage Nein! Ich bin mir nicht sicher, ob ich heute über die Grenze komme. Bin todmüde!"

„Es sind Bücher, nichts Illegales, nur über die Grenze und drüben abgeben. Chef, bitte!"

Quirin sagt: „Nein, ich bin todmüde, was ist, wenn der Zöllner wegen der zehn Euro stutzig wird?"

„Nein, Chef. Die Beamten kennen das, für die ist das ein Trinkgeld. Bei der Nachtschicht heute gibt es keine Probleme."

Quirin beugt seinen Oberkörper nach vorn und sagt: „Ich hätte da eine Frage. Angenommen, jemand versucht, unerkannt über die Grenze zu kommen, wäre das möglich?"

Der Fremde lächelt: „Kein Problem, Chef, die grüne Grenze ist lang, Schlupflöcher gibt es an jeder Ecke. Die Waren schmuggelt keiner an den Zöllnern vorbei. Sie planen illegal über die Grenze, ich helfe Ihnen."

„Nein, Herr, das war nur eine Frage, ob das machbar ist."

Der Fremde lacht. „Machbar ist alles, solange Sie bezahlen.", er zeigt auf die Bücher, „was ist, nehmen Sie die Tasche mit?".

„Leider nein, suchen Sie sich einen anderen Kurier hier im Lokal. Da sitzen Reisende, die Ihnen unter Umständen helfen."

„Okay Chef! Entschuldigung!", zögernd schließt er den Reißverschluss der Tasche, steht auf und verschwindet, ohne einen der Anwesenden um Hilfe zu bitten.

Seltsam, grübelt Quirin. Warum dieser Aufwand wenn keine Schmuggelware versteckt ist? Aufschlussreich sind dagegen die Informationen über diese sogenannte grüne Grenze. Wenn Wachtendonk von all dem eine Ahnung hat, liebe Kommissarin, dann ist euch dieser Mörder durch die Lappen geschlüpft. Ein Grund mehr, gleich beim Kellner zu bezahlen.

Viertel nach eins – mitten in der Nacht ein Anruf bei der Polizei in Deutschland? Zwecklos. Das kurze Stück über die Grenze, dann ist ausgiebiges schlafen angesagt. Der Anlasser, der Motor arbeitet, Quirin fährt los – stoppt – fährt langsam an, bemerkt ein seltsames Hoppeln. Hier ist glatter Asphalt? Er schlägt mit der Hand auf das Lenkrad, es ist der Reifen.

Fluchend steigt er aus, wechselt das linke Vorderrad, als ihn ein Fernfahrer anspricht: „Entschuldigung, ich habe von meinem Lkw aus einen beobachtet, der in den Reifen gestochen hat. Ich habe ihn angeschrien, mit dem Licht geblinkt, dann ist er mit einem gelben Zastava abgehauen. Aus der Entfernung, in der Dunkelheit, nichts war zu erkennen. Das Nummernschild war total verdreckt.".

„Warum macht man das?", fragt er den Trucker, der mit den Schultern zuckt. „Danke, dass Sie eingegriffen haben, somit hatte er keine Zeit, die anderen drei Reifen zu zerstören." Sofort erinnert er sich an die Bücher, vermutet Sabotage aus Rache. Hätte ich ihn nicht abgewiesen, meine Schuld.

Das Reserverad ist montiert, er packt sein Werkzeug zusammen, da sagt eine Stimme hinter seinem Rücken: „Chef, wie fies, zum Glück ist das nicht unterwegs passiert."

Quirin zuckt zusammen, denn der Herr mit der Tasche spaziert an ihm vorbei, verschwindet hinter dem nächsten Lkw. Wie unbedacht vergibt man Schuldzuweisungen. Wer war es dann? Nachdem er das Werkzeug wieder im Kofferraum verstaut hat, fährt er los. Nach etwa sechs Kilometern bremst ihn eine Kolonne wartender Autos aus. Die Zollkontrolle ist problemlos, trotz des fehlenden Euro-Scheins im Pass hat niemand sein Auto durchsucht.

In der Republik Srpska in Bosnien und Herzegowina angekommen, endet seine Reise vorerst auf einem Parkplatz mitten in der Stadt Gradiška. Die Karte auf seinem Smartphone sagt, es sind noch 130 Kilometer bis zum Zielort Jajce. Die Türen verriegelt, schläft Quirin wie ein Toter. Der einsetzende Berufsverkehr, gemischt mit Geschrei, unterbrochen von Gelächter, weckt ihn. Nichts ist zu sehen, die Scheiben rund um den Wagen sind beschlagen. Ein Lappen befreit die Seitenscheibe: Vom Alter her sind es Schüler und der Parkplatz, auf dem er die Nacht verbracht hat, gehört zu einer Grundschule. Quirin steigt aus, streckt seinen Körper, grüßt die Schulranzen, die an ihm vorbeikichern.

Das Schlafen im Sitzen hat ihm körperlich zugesetzt, sein Geist ist aber wieder fit für den Rest der Strecke. Das Frühstück besteht aus Cola und Butterkeksen. Satt und bestens gelaunt fährt er los, verlässt Gradiška in Richtung Laktaši und weiter nach Banja

Luca. Auf der Landstraße rollt sein 2 CV durch eine wildromantische Hügel- und Berglandschaft bis zum träge dahinfließenden Fluss Vrbas. In Ufernähe schlängelt sich die Straße weiter flussaufwärts.

Mehr Zeit, meine Reise würde hier enden, um in aller Ruhe zu Fuß über moosbewachsene Felsen dem zerklüfteten Ufer zu folgen. Bei jeder Pause würde ich den Anglern Gesellschaft leisten, dem Rauschen der Stromschnellen lauschen. Vom Auto aus sind die Überhänge der knorrigen Laubbäume zu sehen, die den Forellen im Wasser Schatten spenden. Quirin erkennt, wie sich das Wasser nach einer weiten Biegung verändert. Entdeckt die urigen Rastplätze am Ufer, die Schlauchboote, die über die Wellen hüpfen. Rafting, das sieht man, ist hier ein beliebter Zeitvertreib. Folgt Quirin dem sich schlängelnden Fluss aufwärts, entdeckt er zwischen steil aufragenden Felsen tanzende, schlanke Kajaks. Geschickt manövrieren die Sportler durch das schäumende Wildwasser mit seinen wettkampftauglichen Hindernissen. Quirin ist wach, saugt die Eindrücke in sich auf, vergisst, warum er hier ist.

Der Fluss fasziniert mit seinem unsteten Lauf, der jetzt brodelt, um in der nächsten Biegung sanft zu fließen. Es scheint, als müsse er verschnaufen, Kraft sammeln für das nächste schäumende Toben.

Entgegenkommende Lastwagen behaupten sich routiniert und in zügigem Tempo ihren Platz auf der Straße. Direkt neben der Fahrbahn steigt die Felswand steil in den Himmel. Es ist knifflig, hier auszuweichen. An manchen Stellen ragt der Fels wie ein Dach weit über die Straße. Er lässt den Blick auf den Fluss frei, wie in einem Theater – Balkon in der ersten Reihe. Dazwischen verschwindet der Vrbas, macht Platz für bunte Bienenstöcke, saftige Wiesen, auf denen Ziegen und Schafe neben Pferden grasen. Vereinzelt stehen hölzerne Wochenendhäuser, deren Giebeldächer bis zum Boden reichen. Sie zeugen von der regionaltypischen Bauweise.

Je höher sich die Straße den Berg hinaufschlängelt, desto eindrucksvoll ist der Blick auf die Unberührtheit dieser Berglandschaft. Quirin erinnert sich an die Menschen, die hier einst lebten und zu Tausenden durch die Grausamkeit der Kriege vertrieben wurden. Sie emigrierten nach Deutschland, in die Schweiz, nach Übersee. Gezwungen, in den Städten zu überleben, ohne den Duft der vertrauten Wiesen mit all ihren Kräutern, ohne die Flüsse und Seen.

Sein Gefährt rollt um die Kurve, als im Rückspiegel ein verrosteter gelber Fiat auftaucht, der ihn zügig überholt. Sein Fahrstil zwingt Quirin zu einer Bremsung. Dabei liest er am Heck den Namen der ehemaligen jugoslawischen Automarke ‚Zastava Skala', ähnlich dem Fiat 128. Der Wagen fährt zur Seite, hält in einer Parkbucht neben dem Fluss. Dort würde Quirin gerne seine Angelrute auswerfen, aber er fährt weiter durch den nächsten Felstunnel.

Nach einer lang gezogenen Kurve taucht im Rückspiegel wieder dieser Zastava auf. Als er näher kommt, sieht er das Gesicht des Fahrers mit Hut, Bart und Sonnenbrille. An der rechten Hand trägt er einen weißen Handschuh, an dem die Fingerkuppen fehlen. Quirin erinnert sich an eine Segelregatta, bei der die Skipper ihre Hände vor den rauen Schoten schützten. Dieses Auto überholt ihn auf einer, kurzen Geraden und drängt ihn mit einem Kick heftig zur Seite. Blitzschnell tritt Quirin wieder auf die Bremse, sein linker vorderer Kotflügel wird von der Stoßstange des gelben Rüpels abgerissen. Nur mit Mühe schafft er es gegenzulenken und den 2 CV rechtzeitig vor dem Abgrund zum Stehen zu bringen.

Fassungslos steigt Quirin aus, sieht das gelbe Heck hinter der nächsten Kurve verschwinden. Sein verbeulter Kotflügel liegt mitten auf der Straße. „Was für ein Idiot!", brüllt er gegen die Felswand. Um ein Haar wäre ich den Abhang hinuntergestürzt, wäre dort unten in der Strömung des Flusses gelandet. Der Weg war frei, das war Absicht, da bin ich mir sicher. Eilig räumt er das Hindernis beiseite, verstaut den Kotflügel im Kofferraum. Am Abgrund stehend, liest er auf einer Tafel, welche Fische im Vrbas leben: Bachforellen, Saiblinge, Äschen, Nasen, Barben, Döbel. Seine Hände zittern, aber er hat keine Zeit, sich dem Schock hinzugeben, denn er ist kurz vor dem Ziel. Nachdem er das Auto auf seine Funktionstüchtigkeit überprüft hat, fährt er weiter.

Wildromantisch präsentiert sich eine gewundene Schlucht, an deren Ende sich der Fluss verabschiedet. Die Straße führt weiter zwischen bewaldeten Hügeln, vorbei an einem abstrakt wirkenden katholischen Sakralbau in das Städtchen Jajce. Dessen geduckte Häuser schmiegen sich um einen Hügel, auf dem eine mittelalterliche Festung thront. Unten, nach einem Wasserfall, mündet die Pliva in den Vrbas. Das Ziel ist erreicht. Trotz der gelben Attacke, die ihm in den Knochen steckt, atmet er erleichtert auf.

NEUNZEHN

Vor der Stadtmauer des Travnik-Tors wirbt ein Bistro mit Ćevapcici. Hier bin ich vorerst bestens aufgehoben. Gleich gegenüber, neben dem Zeitungskiosk, der Parkplatz. Mein Auto mit Blick auf die Pliva geparkt, einen Parkschein am Automaten gezogen, ab ins Bistro. Ein knuspriges Fladenbrot, mit Zwiebeln gefüllt, das traditionelle Ćevapi, was für ein leckerer Willkommensgruß. Zum Fleisch hätte Wein besser gepasst, aber der Kiseljak-Sprudel hält Geist und Augen frei für die bevorstehende Suche nach Mira. Wenn es Wunder gäbe, würde meine Dürre mit den Touristen geradewegs durch den Torbogen der Stadtmauer spazieren. Zusammensitzen, den Imbiss genießen, leider ist das ein Wunschtraum. Ich halte dem Kellner einen Zettel mit meiner gesuchten Adresse unter die Nase. Dieser ruft mit gerunzelter Stirn in die Küche. Ein Koch mit Schürze und Baseballkappe kommt heraus und grüßt. Gemeinsam starren sie auf den Zettel, doch beide geben ihm nur ein Achselzucken zurück.

Ein Gast, der den Misserfolg bemerkt hat, kommt an den Tisch, sagt mit deutschen Wortfetzen: „Hallo Schwabo, bin Mirco, suchst du Adresse, mein Auto hat Navi. Ich fahre, du folgen, nema Problema."

Quirin lädt den Helfer auf ein Getränk ein, aber der lehnt ab: „Nee, nee, Arbeit Elektrobosna Jajce – komm, komm, keine Zeit!"

Beide steigen ein, der Citroën folgt dem Lotsen bergauf, biegt in Nebenstraßen ab, zuerst links, dann rechts. Ohne zu suchen, halten die Autos direkt vor Miras vermeintlichem Haus. Quirin ist erleichtert, hält dem Lotsen durchs Seitenfenster einen Geldschein entgegen, den er energisch ablehnt. Dafür hupt er zweimal und fährt los.

Quirin steht vor einem Zweifamilienhaus mit einer Außentreppe, die in den ersten Stock führt. Zuerst versucht er sein Glück unter der Treppe an der Haustür. Auf dem Klingelschild steht Nikolić. „Bingo!", bricht es aus ihm heraus. Er drückt den Klingelknopf, klopft an die Tür, wartet. Niemand öffnet. Sein Lauschen ergibt kein Lebenszeichen, nichts. Durch den Garten, ums Haus herum, sieht er die zugezogenen Vorhänge. Entweder ist niemand da, oder die Bewohner haben ihre Mittagsruhe. Zurück an der Haustür, läutet er die Glocke mehrmals, wieder ohne Erfolg.

Eine ältere Dame aus der Nachbarschaft hat ihn beobachtet, kommt über die Straße, spricht ihn an. Er zeigt ihr seinen Zettel, sie gibt ihm zu verstehen, dass Mira bei der Arbeit ist. Ihr Stock kratzt in den Boden, es sieht aus wie ein Fluss mit Brücke, eine Straße am See. Sie taucht den Stock in den See und sagt Plifka Jezero, Motel Plaza. Quirin fotografiert ihr Kunstwerk, notiert die

Namen. Voller Vorfreude fährt er den Berg hinunter bis zur Brücke und über die Pliva. Jetzt ist die Hilfe der Passanten gefragt. Erklärungen, begleitet von fuchtelnden Armen, Quirin folgt und steht vor dem See, dem gesuchten Motel. Vom Auto aus erkennt er Mira, die den Gästen Getränke serviert. Derart locker hatte er sich das nicht vorgestellt, umso heftiger schlägt sein Herz vor Aufregung. Was ihn erwartet, ist offen, er hält Abstand zu ihr, setzt sich unbemerkt an den letzten Tisch einer überdachten Terrasse. Ohne sich für eine Bestellung zu interessieren, schaut er auf den See mit all den Urlaubern. Es dauert eine Weile, bis Mira den neuen Gast entdeckt. Erstarrt bleibt sie vor ihm stehen und vermutet in ihm eine Fata Morgana. Quirin steht auf. Keiner der beiden reagiert mit Worten, unverzagt schürzt Mira die Lippen, sagt mit einem kaum merklichen Kopfschütteln: „Das glaube ich nicht. Bist du aus dem Knast ausgebrochen? Das ist unklug von dir, Quirin, sie finden dich? Bosnien ist nicht sicher."

Er lacht sie an: „Hallo meine liebst Mira! Sie haben mich auf Verdacht in Untersuchungshaft gesteckt, Wochen umsonst. Offiziell bin ich entlassen, nur die Geschichte ist zu verwickelt, um sie in ein paar Minuten zu erklären."

Mira stellt ihr Tablett auf den Tisch. „Du hast niemanden umgebracht?"

„Nein, Mira, um Gottes willen, das ist nicht meine Art."

Sie umarmt ihn, drückt ihn. „Es tut mir leid, wir kennen uns kaum, ich vermutete – bitte entschuldige!"

„In Ordnung, mach dir keine Sorgen, ich verstehe dich."

Sie lässt ihn wieder los und fragt lachend: „Durst?"

„Ja, nachdem ich dich gefunden habe, hätte ich gerne ein kühles Bier. Wann hast du hier Feierabend?"

„Jederzeit, die Kollegen servieren für mich weiter. Das ist hier anders, nicht wie in Deutschland. Gegenwärtig ist ohnehin nichts los, setz dich, ich hole dir ein Pivo."

Quirin schaut ihr nach, hält seine Freude zurück, denn zuerst ist da das Problem Wachtendonk. Sie kommt zurück mit einem Glas, einer Flasche, auf deren Etikett Nektar steht. Setzt sich neben ihn, schenkt ein, küsst ihn, wie sie ihn nie geküsst hat, dann holt sie tief Luft.

„Ich bin froh, dass du hier bist. Was ist das für ein Chaos zwischen uns?"

„Das stimmt, Mira, aber mit den Schwierigkeiten lernt man sich am besten kennen."

„Deine positive Einstellung, die benötige ich", sagt sie und lächelt ihn an.

„Eine Sache, Mira, die ist dringend zu klären. Da gibt es ein Problem, das bereitet mir Bauchschmerzen. Der wahre Mörder, den die Polizei sucht, ich befürchte, er kommt hierher nach Jajce, weil er mich bei dir vermutet. Ich habe ein Foto, das dem Mörder bei der Polizei Probleme bereiten wird."

„Wie kommt er zu mir, woher hat er meine Adresse?"

„Sein Name ist Wachtendonk. Wird dir nichts sagen, aber diese Person war, wie man mir sagte, im Café Mare und hat zuerst nach dir, dann nach mir gefragt. Das Problem ist, dass die Mutter deines ehemaligen Chefs in Deutschland ihm deine Adresse in Jajce gegeben hat".

„Ach ja, der Name kommt mir bekannt vor. Komischer Fuzzi, ist Stammgast, hat mich blöd angemacht – ist er ein Mörder?"

„Er ist ein Sexualmörder, Mira, wenn dir wegen meines blöden Fotos was passiert. Glaube mir, das war keine Absicht, dich mit hineinzuziehen. Ich werde der Kommissarin in Deutschland eine Nachricht schicken, dass mit dir im Moment alles in Ordnung ist. Sie hat die Polizei hier vor Ort benachrichtigt." Er benutzt sein Smartphone, indem er die App …

Sie wiegt ihren Kopf von einer Seite zur anderen und seufzt: „Oh mein Gott!", sie packt ihn am Arm, „Quirin, lass das, er sucht nicht dich, sondern mich", dabei vergräbt sie ihr Gesicht in den Händen.

„Warum das? Was hast du mit ihm zu schaffen?", er lehnt sich in seinem Stuhl zurück und wartet mit ernster Miene auf eine Antwort.

„Ich besitze von ihm, oder besser gesagt, ich besaß von ihm ein Notizheft. Im Café vergessen die Gäste Schirme, Jacken, Taschen, Kleinigkeiten und wir bewahren die Sachen in einem Schrank auf. Wenn sie fragen, geben wir sie ihnen zurück. Bevor ich hierherkam, saß Wachtendonk den halben Tag im Café und bestellte ein Bier mit Grappa nach dem anderen. Betrunken verließ er uns spät abends. Zum Glück habe ich bei jeder Bestellung abkassiert.

Dieser Mensch nervte, fragte ständig nach einem Kugelschreiber für Notizen. In übertriebener Lautstärke redete er von Geheimnissen. Ich gab ihm einen Stift, sagte ihm, dass es mich nicht interessiere und er sich beruhigen solle. Nachdem er weg war, räumte ich den Tisch ab. Mitten in der Bierlache lag sein Notizbuch. Zuerst legte ich es in den Schrank zu den Fundsachen, aus Neugier nahm ich es mit nach Hause.

Beim Lesen ergab das Geschriebene keinen Sinn. Es waren eher Gedankenfetzen, die sich auf Sex bezogen, auf den Tod von Frauen. Es wurden Geldbeträge genannt, dazwischen standen Daten, Namen, am häufigsten eine Mariam Pschawela. Wo du von einem Sexualmörder sprichst, verstehe ich jetzt, was dahintersteckt. Quirin, ich glaube, mir wird übel, denn da waren die Orte, die Namen, die Todeszeitpunkte der Getöteten aufgeschrieben. Es waren mindestens sieben."

„Woher weißt du, dass er sie getötet hat?"

„Hinter ihren Namen waren Kreuze gemalt und ein

Datum. Bei dieser Pschawela und bei zwei anderen Namen nicht."

„Sind die Notizen bei dir in Bosnien?"

„Nein. Ich habe das Notizbuch am nächsten Tag auf den Schrank gelegt. Nachdem ich mich umgezogen hatte, habe ich es vergessen wegzuschließen. Wenn niemand putzt, liegt es bis heute da oben. Ich vermute, er hat nach den Notizen gefragt. Da niemand Ahnung hatte, ist er sich sicher, dass sie noch bei mir sind".

„Warte, es ist dringend, ich schreibe meiner Kommissarin zwei SMS, damit sie sofort nach dem Buch sucht. Ich hoffe, die Notizen sind da, wo du sie hingelegt hast." Mira sieht Quirin an, zupft an ihrer Papierserviette.

„Was passiert mit uns, Quirin? Was ist, wenn er uns findet?"

„Warte, Mira, ich bin gleich fertig." Er schickt die letzte SMS, dann fragt er: „Wohnst du allein in dem Haus?"

„Nein. Mit meiner Mutter, aber sie ist für zwei Wochen zur Kur. Warum fragst du?"

„Wir nehmen uns hier in diesem Motel ein Zimmer, da vermutet uns Wachtendonk nicht. Er ist sich sicher, wir bleiben in deinem Haus. Im Motel klären wir in Ruhe, welche Vorkehrungen zu treffen sind. Hoffentlich reagiert die Polizei in Deutschland, damit die Kollegen hier in Bosnien helfen, ihn zu fassen."

„Okay, mein Lieber, es sind Zimmer frei, ich trage

uns ein, danach essen wir. Du hast nichts im Magen und ich habe vor Nervosität einen gesunden Appetit".

„Mira, seit gestern hatte ich das Frühstück im Gefängnis, ein paar Kekse, und in Jajce diese Ćevapi. Ich hätte Lust auf eine Pizza."

„Gerne, mein Herr, dein Wunsch wird sofort an die Küche weitergeleitet", sie küsst ihn, steht auf, verschwindet im Lokal.

Quirin genießt die Ruhe am See, der von dicht bewaldeten Hügeln umgeben ist. Tretboote neben Ruderbooten warten auf das bunt gemischte Publikum der Uferpromenade. Zwischen den sportlich gekleideten Damen fallen Touristinnen in Burkas auf. Eine SMS bestätigt den Empfang seiner Nachrichten, die Polizei in Jajce ist benachrichtigt. Eine Gruppe von Fischern verlässt ein Fischerboot, versammelt sich auf einer Parkbank. Sie prahlen mit ihrem Fang, den sie aus den Kühlboxen holen, um ihn in voller Länge zu fotografieren. Radfahrer in ihren speziellen, bunten Outfits löschen ihren Durst in diesem rustikalen Biergarten.

Eine halbe Stunde später wächst Quirins Nervosität. Er schaut zum Eingang des Hotels, zu den Servicekräften und fragt sich: Wo ist Mira geblieben? Wie lange dauert hier eine Zimmerreservierung? Er steht auf, sucht die Toilette, schaut sich im Restaurant um, fragt auf dem Rückweg nach Mira. Freundlich begleitet ihn eine Kollegin zu seinem Platz, versichert, dass alles in Ordnung sei. Sie deckt den Tisch für das versprochene

Essen. Quirin wartet, bis ihm ein Teller mit verschieden belegten Pizzastücken serviert wird. Es riecht nach Käse, Schinken, Salami, nur Mira fehlt. Wieder fragt er, dieses Mal den Kellner, der ihm sagt: „Bitte anfangen, sonst ist das Essen kalt, Mira kommt!"

Mit Heißhunger verzehrt Quirin einen Teil der üppig belegten Teigfladen. Inzwischen setzt sich an den Nebentisch eine Touristin, die einen Kaffee bestellt. Regungslos, wie eine Statue in schwarzer Burka, hockt sie da. Von ihr sieht man nur die tanzenden Pupillen hinter einem zwei Finger breiten Schlitz. Die rechte Hand steckt in einem weißen … Quirin steht auf, spaziert an ihr vorbei, erkennt diesen Handschuh ohne Finger. Wäre sie nicht eine Araberin, würde er sagen, da ist wieder dieser Rüpel. Auf halbem Weg, Richtung Restaurant, kommt ihm Mira entgegen. Aufgeregt sagt sie:

„Quirin entschuldige, ich habe mit meinem Chef gesprochen, ihm erzählt, was vorgefallen ist. Er stellt uns ein Zimmer zur Verfügung. An der Rezeption haben zwei von unserer Polizei auf mich gewartet, in Zivil, sie fragten nach der Geschichte mit Wachtendonk. Der Grund war eine Nachricht aus Deutschland. Sie befürworteten unser Vorhaben, hier im Motel zu wohnen. Die Herren befragen dich später genauer. In der Zwischenzeit beobachten Beamte mein Elternhaus. Sobald der Verdächtige, auf den die Beschreibung passt, dort auftaucht, nehmen sie ihn fest. Es sieht so aus, als wäre für alles gesorgt. Komm, lass uns essen", trotz allem bleibt Quirin angespannt.

Zurück am Tisch wirft er einen Blick zum Nebentisch, zu dieser Touristin.

„Warum nur", fragt er Mira, „sind hier so viele aus den arabischen Ländern?"

„Die versuchen, Land zu kaufen, inklusive der Berge und der Seen." Mira schüttelt den Kopf. „Hoffentlich lässt sich niemand darauf ein, trotz der verlockenden Geldsummen, die sie bieten."

„Die Heimat verkaufen, ich befürchte, die Alten drehen sich im Grabe um. Übrigens hab keine Sorge Mira wegen der Hotelrechnung, das bezahle ich, denn wir bleiben hier, bis alles vorbei ist".

„Wir haben Privilegien, mein Lieber, es ist ein Zimmer mit Balkon und einem direkten Blick auf den See. Sieh mal da hinten, im ersten Stock links. Nach dem Essen zeige ich dir die Umgebung, du wirst begeistert sein, wie herrlich es hier ist".

Die Burka vom Nebentisch steht auf, verschwindet im Restaurant.

Quirin sieht ihr nach – der weiße Handschuh – seltsame Zufälle. „Seit gestern hocke ich im Auto, deine Idee ist ausgezeichnet, meine Beine benötigen Bewegung."

Nachdem sich die beiden im Zimmer erfrischt haben, spazieren sie am Ufer des Pliva-Sees entlang, bis zu der Stelle, wo sich das Wasser in viele Bäche aufteilt, die den kleineren Pliva-See speisen. Jeder dieser

Bäche sprudelt unter zwölf hölzernen Mühlenhäuschen hindurch, die so winzig sind, dass man kaum darin Platz findet, um zu arbeiten.

„Ist das nicht eine Idylle? Stell dir vor, Quirin, diese Mühlen sind Überbleibsel der osmanischen Besatzung. Heute nutzt sie niemand mehr, sie stehen da für die Fotoapparate der Touristen."

„Dieses Rauschen des Wassers, dann dieser See, mit dir die Natur genießen und das nach einer Gefangenschaft." Er nimmt sie in die Arme und überschüttet sie mit Küssen.

„In den Sommermonaten halten hier Busse voller Urlauber. Viele Familien picknicken jeden Tag auf der Wiese am See. Nur wer früh aufsteht, findet einen Platz für seine Wolldecke und den Holzkohlegrill."

„Wie ich sehe, gibt es hier viele Fische."

„Ja, wegen der Forellen, der Saiblinge, ist der Pliva-See bei den Anglern sehr beliebt."

Die Sonne versinkt hinter den Baumbergen, der Schatten legt sich sanft auf das Wasser. Die Zeit vergeht wie im Flug, schmiedet man Träume über die gemeinsame Zukunft.

Zurück im Motel freut sich Quirin auf das Zimmer: „Ich bin am Ende, ich bin todmüde, trotz des frühen Abends. Von gestern bis heute reicht's mir! Es ist egoistisch, dich am ersten Tag zu vernachlässigen, aber mir fallen die Augen zu." Mira lacht, streicht ihm übers Haar und bereitet die Betten. Quirin begibt sich ins Bad:

„Scheiße, verdammt! Das glaub' ich nicht," er stürmt wieder aus dem Bad heraus.

„Was ist passiert, Quirin?"

„Mira! Dieser Wachtendonk war hier in unserem Zimmer?"

„Bist du dir sicher? Woher weißt du das?"

„Sieh dir die Kreuze auf dem Spiegel an, zwei mit diesen Klebebändern und mit roter Farbe eingekreist. Genau wie das silberne Band, das er bei seinen Morden benutzt. Darunter steht: Ich komme wieder! Wer zum Teufel hat den hier hereingelassen? Woher wusste der, welches unser Zimmer ist?"

Mira rennt nach draußen und kommt Minuten später mit ihrem Chef zurück, der sich den Badespiegel genauer ansieht. Mit erregten Händen redet er auf Mira ein. Sie übersetzt für Quirin, dass er die Polizisten aus dem Foyer ruft. Dass es unvorstellbar sei, dass dies unter den Augen des Gesetzes passiere. Momentan seien hier nur Araber mit ihrem weiblichen Anhang und deren Kindern untergebracht. Kein europäischer Gast außer dir.

Einer der zivilen Ermittler betritt den Raum, stellt sich als Inspektor Marcović von der Polizei Bosnien-Herzegowinas, SIPA, vor. Sein Deutsch hat einen dezenten Akzent. „Wir sorgen für ihre Sicherheit! Frau Nikolić, wir kennen uns, aber wir benötigen die Personalien Ihres Begleiters. Bitte legen Sie den Ausweis auf den Tisch, mein Kollege kümmert sich darum." Es folgt eine kurze Erklärung, in der er versichert, dass außerhalb des gesamten Hotelgeländes die Zugänge abgesperrt sind. Die Einsatzkräfte sind vom Haus Jajce Stadt abgezogen, um hier verstärkt nach dem Täter zu suchen. In der Zwischenzeit dokumentieren wir mit Fotos das Bad, die silbernen Kreuze und die Schrift. Mit einem Lippenstift in einer Plastiktüte verlässt ein Spurensucher das Bad und hält Mira die Tüte unter die Nase: „Frau Nikolić, ist das Ihr Stift?"

„Das war mein Lippenstift", antwortet sie.

Mira verfolgt das Gespräch zwischen dem Inspektor und dem Hotelmanager. „Ist es möglich, unbemerkt und ohne Schlüssel ins Hotel zu kommen? Ihre Rezeption ist die ständig besetzt?"

„Ja, der Tages-Dienst, mit Verlaub, bis 23 Uhr, im Anschluss der Nachtportier bis 8 Uhr!", der Chef antwortet in militärischem Tonfall und steht dabei stramm.

Mira mischt sich kleinlaut ein: „Entschuldigung, wir waren kurz nach 17 Uhr hier, da waren keine Kreuze am Spiegel. Wir haben gegen 18 Uhr das Zimmer verlassen."

„Danke Frau Nikolić, das hilft uns, die Zeit einzugrenzen. Danke. Haben Sie nachgesehen, ob persönliche Sachen fehlen?"

Quirin öffnet die Koffer, die Wäsche quillt ihm entgegen. Der gesamte Inhalt ist durchwühlt, doch es fehlt nichts.

„Wo hatten Sie Ihre Papiere, Ihr Geld?", fragt der

Marcović.

„Ich hatte alles bei mir, ich vermute, die Wäsche war ihm egal. Frau Nikolić hat keinen Koffer, nur die Schminksachen für ihre Arbeit."

Im Flur entbrennt ein extrem schrilles Wortgefecht mit schrillen arabischen Lauten. Zwei Touristinnen mit Burka, dahinter mit Abstand eine dritte, die mit den Armen fuchtelt, lassen ihrer Wut freien Lauf. Sie versuchen, sich dem Zugriff der Polizisten zu entziehen. Schreien, dass im Motel die Zimmertüren der Gäste aufspringen. Der Inspektor in Zivil tritt hinzu, beruhigt die Damen, bevor mehr von ihnen dazukommen. Höflich lässt er die drei passieren. Breit lachend kehrt er ins Zimmer zurück, tritt auf den Balkon, schaut ihnen nach und scherzt: „Die haben Haare auf den Zähnen, ein solches Gekeife würde ich nicht in meinem Haus dulden!" Der letzten untersetzten Araberin rutscht beim Laufen das schwarze Tuch der Burka über die rechte Wade, ein Männerstiefel kommt zum Vorschein, dazu eine Jeanshose. Ihr Verhalten ist hektisch, sie verlässt ohne Reaktion der anderen den Weg und biegt in Richtung Parkplatz ab. Wie aus der Pistole geschossen ertönt die Stimme von Inspektor Marcović: „Vani! On je vani! Požurite on ne smije pobjeći!"

Quirin schaut verdutzt zu Mira, die ihm erklärt, dass er seine Leute antreibt, denn die Letzte der drei Araberinen ist dieser Wachtendonk.

Alles, was Beine hat, nimmt die Verfolgung auf.

Wachtendonk erkennt seine Lage, rennt mit geraffter Burka über den Parkplatz. Der Motor des Zastava Skala heult auf. Die Reifen drehen sich im Kies, der Flüchtende zieht eine Staubwolke mit auf die Straße. Die Škodas folgen mit Blaulicht, verschwinden mit Sirenengeheul hinter einer Anhöhe.

„Zumindest ist Wachtendonk aus dem Hotel raus", sagt Quirin erleichtert und erwacht langsam aus seiner Schreckstarre. „Die dicke Burka war Wachtendonk, sie saß am Nebentisch, hörte unser Gespräch mit an. Hat von unserem Spaziergang gehört, von unserem Aufenthalt im Hotel. Du hast in die Richtung gezeigt, die Lage des Zimmers beschrieben."

„Aber mein lieber, woher hatte der Kerl die Information, dass wir hier sind? Er hat das alles geplant. Was für eine Kaltblütigkeit vor den Augen der Polizei."

„Die alte Dame, deine Nachbarin, die hat nicht nur mir, sondern auch diesem Wachtendonk die Adresse des Motels gegeben."

Quirins Smartphone signalisiert den Eingang einer Nachricht. „Mira, die Polizei in Deutschland hat das Notizbuch gefunden. Zum Glück lag es auf dem Schrank. Sie schreiben, es sei ein weiteres Indiz für den Staatsanwalt, dass es sich um einen Serienmörder handelt."

„Mein Lieber, es kommt die Spurensicherung, die das Zimmer versiegeln. Dein Koffer und meine Schminksachen bleiben hier. Lass uns in ein anderes Zimmer ziehen, die Tür verriegeln und schlafen. Morgen wissen wir mehr. Ich bete, dass sie ihn fangen, sonst kommt er zurück und stiehlt mich von deiner Seite. Ich hoffe, du erlaubst, dass ich meinen Körper sicherheitshalber an dich drücke."

„Darüber macht man keine Witze, Mira!"

Ein regnerischer Tag lässt die Temperaturen sinken. Das frisch vereinte Paar kommen kaum aus dem Bett. Wieder und wieder schmiegt sich Mira an Quirin, beißt ihm zärtlich ins Ohrläppchen und sagt: „Lass uns frühstücken, am Nachmittag habe ich Dienst".

Im Restaurant warten die Reste des Buffets auf die Langschläfer, aber das stört die beiden nicht, es ist ihr zweites gemeinsames Frühstück. Beim gemeinsamen träumen ist das Essen Nebensache.

Ohne Vorankündigung begrüßt sie Inspektor Marcović mit einem „Dobro jutro!".

„Dobro jutro Inspektor! Bitte setzen Sie sich zu uns, erzählen Sie Ihre hoffentlich positiven Neuigkeiten."

„Ja, Frau Nikolić! Richtung Banja Luka, in einem der Tunnel hatte sich Wachtendonks Auto überschlagen. Dort fand der Zugriff statt. Zum Glück ist nichts Schlimmeres passiert, wir haben ihn bereits verhört. Der Deutsche hat gestanden, hier in Bosnien eine Touristin getötet zu haben, um an ihre Burka zu kommen. Taucher suchen seit heute Morgen den westlichen Teil des Sees ab. Bisher ohne Erfolg.

Nun zu diesem ermordeten Paketzusteller. Die Kriminalpolizei in Deutschland hat uns gebeten, Ihnen Quirin Saumweber das Ergebnis unserer Vernehmung mitzuteilen. Nach Wachtendonks Aussage hat nicht er den Boten getötet, sondern eine Mieterin namens Pschawela. Sie hörte die beiden Paketboten in der Waschküche streiten, beobachtete, wie der Alte den Jungen von hinten packte. Sie sprang auf sie zu und versuchte, dem Jüngeren zu helfen. Dabei rammte sie dem Alten den Schraubenzieher mit solcher Wucht in die Hand, dass die Spitze tief ins Herz des Jüngeren eindrang. Eines der Opfer stieß ihr sein Knie in den Unterleib, dabei fielen beide Männer zu Boden. Sie rannte vor Schreck davon. Wachtendonk benutzte ihr Höschen, das in seiner Hosentasche steckte und zog damit den Schraubendreher aus seiner Hand. Er hoffte, dass ihre Fingerabdrücke sie verraten. Aber sie trug Handschuhe. Den leblosen Körper des Jüngeren versteckte er im Kellerabteil von Mariam Pschawela, dann brachte er dessen Wagen zur Firma. Im Dunkeln schleppte er die Leiche in das Gebäude der Elektrizitätswerke.

Wir haben seine Aussage an die Kollegen in Deutschland weitergeleitet. Zuerst wird er wegen dieser Araberin des Mordes angeklagt, was dann mit ihm geschieht, entscheiden die Richter."

„Danke, Herr Marcović, jetzt schmeckt uns das Frühstück gleich besser."

„Fahren Sie, Herr Saumweber, gleich zurück nach Deutschland oder bleiben Sie länger in Jajce?"

„Mal sehen, wir beide planen unsere Zukunft, das dauert. Wenn ich schon mal hier in Bosnien bin, besuchen wir die Mutter von Mira."

„Bitte Frau Nikolić, Herr Saumweber, wir rufen Sie an und finden einen passenden Termin. Gemeinsam schreiben wir dann das Protokoll, am Schluss die Unterschriften, das ist alles."

„Kein Problem, eine Woche sind wir ohnehin in Jajce, von der Stadt habe ich außerdem nichts gesehen. Herr Inspektor, keine Sorge, wir fahren erst nach Deutschland zurück, wenn wir alle Formalitäten bei Ihnen erledigt haben. Dieser Wachtendonk mit seinem Zastava hatte mich von der Straße gedrängt, mein Auto muss vor unserer Rückreise in die Werkstatt."

„Okay! Bitte Herr Saumweber vergessen Sie nicht, diesen Vorfall im Protokoll zu erwähnen, das war von diesem Verbrecher ein schwerer Anschlag. Bis zu unserem Treffen wünsche ich euch beiden einen erholsamen Aufenthalt in unserem traditionsreichen Jajce."